Asentaderas Cruzadas Calientes

Cuentos de Nalgadas:
Juego Erótico, y la Disciplina

Susan Kohler

CCB Publishing
Columbia Británica, Canadá

Asentaderas Cruzadas Calientes: Cuentos de Nalgadas:
Juego Erótico, y la Disciplina

Copyright ©2011 por Susan Kohler
ISBN-13   978-1-926918-46-4
Primera Edición

Library and Archives Canada Cataloguing in Publication

Kohler, Susan, 1950-
Asentaderas cruzadas calientes : cuentos de nalgadas : juego erótico, y la disciplina
/ Susan Kohler ; [traducción por Frederick Martin-Del-Campo]. – 1st ed.
ISBN 978-1-926918-46-4
Also available in electronic format.
Translation of: Hot crossed buns.
I. Martin-Del-Campo, Frederick II. Title.
PS3611.O47H6816 2011   813'.6   C2011-903235-X

Traducción: Frederick Martin-Del-Campo (snoobodoo0082000@yahoo.com)

Editorial: CCB Publishing
             Columbia Británica, Canadá
             www.ccbpublishing.com

Dedicación

Esta está dedicada al hombre que calienta mi corazón y mi parte inferior, y que a veces me permite calentarse. Él me dio un montón de ideas, el amor y aliento. Me mantengo en mi dedos de los pies, o por lo menos, no sentado.

Y también a Pablo, que ha trabajado tan duro conmigo, y también me ha dado mucho de su tiempo, conocimiento y apoyo.

Prólogo

Llámame raro, muchos lo hacen. Siempre he querido ser palmada, no que mis padres nunca lo hicieron. Además, siempre he querido ser palmada por un amante. En otras palabras, quería una azotaina sexual tiempo antes de que yo sabía que tal cosa existía.

Imagínese mi alegría cuando me enteré de la literatura que existian nalgadas sexuales en casi todas las páginas. Guau! Pero pronto me canse' de los libros que encontraba que hacian frente a los azotes. Muchos estaban demasiados duros, y hacen parecer a las mujeres como víctimas, casi como si su único objetivo era dar al azotador un fondo para azotar. La mayoría de ellas no tenían la diversión en ellos. Coñazo! Eran también, En su mayoría, algunos de los conjuntos situados en el pasado o en un país extranjero. Yo quería una actualización optimista de historias con hombres que me gustaría involucrarme con ellos, y las mujeres que me gustaría conocer.

Por último me encontré con un amante que ama darme nalgadas y, a veces para mí que lo azotan. Dejé que me hable en tratar de nalgadas. Para el día de hoy, se piensa que fue su idea. Yo estaba en el cielo!

Yo había estado escribiendo algunas historias para él, así que los puse juntos y termine' con un libro de cuentos. Imaginen mi estado de shock cuando algunas de esas historias se reunieron, al parecer todos en propia, y formó una novela. Finalmente, tuve dos juegos de cuentos y una novela larga de nalgadas.

En mis relatos, algunos de los azotes son sólo por diversión, y algunos son de la disciplina. Todas las relaciones sexuales son voluntarios. También, a veces el recibiendo una paliza es un hombre. He encontrado que muchos hombres el papel sexual de la mujer, o les gusta cambiar, pero la mayoría de las historias son de azotes masculinas azotes a la mujer o hembra con hembra.

Puse comentarios delante de cada historia, y al final. En algunos formas en que estos comentarios son mis partes favoritas de escribir. Me siento como si estuviera conversando con un amigo. Pasen por alto los comentarios si lo como.

También, recuerde que no todo el mundo alberga un deseo secreto de ser azotado o recibir una palmada, nomas no deje' a personas que no les guste fuera de este libro.

Bueno, oigan todos, tiren los pantalones y agacharse. Dejen nalgadas comenzar!

Contenido

Uno

Comprados en la tienda del dolor

La historia de lo que sucede a una mujer que ha fantaseado durante años de ser una palmada, sobre cómo se sentía intrigado por la idea de hacer su fantasía una realidad. Ella pronto se enteró de que a veces cuando usted contrata a un desconocido sin rostro para que tus fantasías secreto de la vida, que puede conseguir mucho más de lo que negociar.

Sara no sabía dónde la fantasía había llegado primero o de cómo se había tomado como una poderosa influencia sobre ella, pero ya en que aún podía recordar que había fantaseado con bastante frecuencia ser azotado y azotado. Ella tenía fantasías sobre casi todos los días. A ella le excita pensar en un hombre ordenándole para bajar las bragas, al mando de su lugar a sí misma a través de su las rodillas. Casi llegó antes de que ella llegó a la parte donde en la foto su gran mano descendente en su trasero desnudo con una crack rotundo!

Fue mucho más que una fantasía. Ella tenía un verdadero deseo de ser palmada, y había encontrado siempre la literatura con escenas de azotes muy excitante. Incluso cuando los azotes que se escribió sobre muy extremas. Demasiado extrema para que ella quiere en la vida real.

Eso sí, nunca se había perdido en la vida real. En lo que considerado como su propio racional pensó que cualquier persona que quería una paliza, una paliza duro, era más que un poco enfermo. Racionalmente, pensó que un hombre que gozaba de una paliza de mujer era abusivo. Racionalmente, tenía miedo de la pérdida de control y del dolor. Emocionalmente, sin embargo, anhelaba unas nalgadas buenos duros.

Ella no sabía por qué esta fantasía era muy excitante. Ella no fue atraída por la idea del dolor. Por el contrario, ella se asustó asentaderas

1

cruzadas y calientes en el mismo pensamiento de la picadura que una azotaina traería. Ella Siempre había tenido miedo al dolor físico.

Ella también estaba seguro que iba a morir de los nervios y la vergüenza mientras bajaba las bragas de la paliza. Ni siquiera se imagino de pie delante de un hombre y una preparación para él castigarla. Se dijo que debía estar enfermo o loco, pero ella quería desesperadamente los ensueños traviesos para convertirse en una dolorosa realidad.

En su versión favorita de la fantasía, se fue con un hombre, un completo extraño, y le preguntó, no, le rogaba que le diera unas nalgadas graves. Ella no quería que su degradación o para su alrededor. Ella No se supone que significa actuar o abusivo de alguna manera, excepto por el hecho tangible de los azotes. Sería amable y considerado, pero su forma también sería muy firme y mando. El hombre de su fantasía era sin nombre, sin rostro y casi sin importancia, excepto como medio para su castigo.

Ella humildemente pedir al hombre por la paliza y cuando ella lo consiguió, si no fuera suficientemente duras, en voz baja le pediría que se dara una palmada de nuevo. La segunda vez que lo haría con mayor severidad, a veces no sólo con la mano, pero con una paleta o un látigo.

De vez en cuando, en su fantasía, era una forma de papel inversión como de seguimiento. En estas fantasías, después de su sanción, el hombre se convirtió en una especie de esclava sexual que haría cualquier cosa que quería. Iría a cualquier medida de lo posible para darle placer.

La fantasía nunca le había sucedido y estaba empezando a sentir un impulso casi desesperado por ello. La fantasía de todos los azotes se pensaba. Se había convertido en una obsesión. ¿Estaba enfermo? Ella no lo creía, que había oído que era una fantasía muy común. Leyó muchos libros como *La Perla* y *La Historia de O*.

El problema era, ¿cómo podía obtener una paliza? La cosa que nunca había hecho, no podría haber hecho, fue decirle a su amante lo que quería. Ella no tenía un amante, de hecho, nunca había ella tenído un amante de confianza suficiente para compartir esa fantasía en particular con. Ella nunca había tenido a alguien que realmente se preocupaba por lo que ella quería, su ex amantes le había parecido sólo se preocupan por satisfacer sus propias necesidades. Comprados en la tienda DOLOR.

Ella era una mujer joven y atractiva, alegre y buena compañía por lo que fecha a menudo, por supuesto, pero no había nadie que pudiera permitir a sí misma para compartir su secreto con deseos. Ella mantuvo su deseo escondido como un secreto vergonzoso. A pesar de que como parte de su fantasía que se suponía que era el encargado de traer a colación el tema, Sara era muy tímida.

Quería preguntar por la paliza, pero ella fue demasiado tímida. ¿Qué ella realmente quería era un verdugo desconocido que en realidad su obligar se a que pedirlo explícitamente una paliza. Sin embargo, ella no podía levantarse del nervio suficiente para obligarse a sacar el tema con cualquiera de sus fechas.

¿Y si ella lo mencionó y el hombre pensó que estaba enfermo? Pervertida? Aún más preocupante, lo que si estaba de acuerdo para hacerlo? ¿Le gusta? Si ella no le gustaba, iba a parar en su palabra?

Un día encontró un papel desechado de metro. Ella encontró la mayoría de los artículos un poco enfermo y repugnante. Los anuncios personales, sin embargo, fueron abridores de los ojos. Había páginas y páginas de anuncios de los hombres y mujeres que ofrecen golpear a alguien o darse una palmada. A veces los anuncios eran sólo una manera de cumplir con ideas afines socios, y, a veces los anuncios fueron colocados por personas que daran una palmada de dinero.

Sarah finalmente decidió contratar a alguien para darle la fantasía. Sintió que alguien entendería su deseo de la publicidad de los personales para adultos, o al menos no la juzgan por haber ese deseo. Ella también tenía un sentimiento profundo que si se paga por la paliza a su verdugo en realidad sería sólo un rostro extranjero, y que en realidad sería la del control. El hombre de contrató haría exactamente lo que quería, en la forma en que quería lo ha hecho.

Sarah estaba en la sorpresa de su vida.

Ella consiguió una copia más reciente del periódico un soltero de metro 'que siempre llevaba anuncios sugerentes, y llamó a continuación, los que menciona la disciplina o corrección, o la sumisión. Habló con varias personas, tanto hombres como mujeres. Las mujeres eran en realidad útil, sino que ofreció su consejo y le hizo darse cuenta de lo Asentaderas cruzadas y calientes prevalente sus deseos secretos fueron, pero por alguna razón ella quería tener una palmada de un hombre. Varias de las mujeres mencionaron un nombre y le dio un número de teléfono. No vio un anuncio de este hombre, pero se aseguró de que ella mantuvo su número. Después de todo, había referencias para ser seguro y siguiendo el ejemplo de la mujer.

Antes de llamar lo a él, ella habló con algunos hombres más del periodico. Ella trató de describir la escena que quería, pero sentía incómodo hablando con la mayoría de los hombres. Ninguno de ellos parecía del todo bien con ella hasta que se dio por vencida y llamó a la persona cuyo nombre y número que recibió de varias mujeres. Un hombre llamado Mac.

En el teléfono, Mac sonaba amistoso, alegre y sorprendente normal. Parecía muy abierto. Escuchó lo que dijo quería, cómo quería que la tratara y grave como ella quería que fuera. Había algunas sugerencias, pero escuchaba que sus deseos y sus sugerencias han sido diseñados para mejorar su escenario ideal, no para cambiarlo.

Parecía perfectamente comprensivo y agradable para todo lo que dijo. Ella sintió que le daría la fantasía precisa que quería, y en apenas la manera que ella lo quería. Lo sabía porque de las referencias que ella estaría a salvo, y deje que si quería que él.

Dijo que tenía su garaje creado sólo para las escenas de azotes. Fue que no es un calabozo, solo una muy cómoda, sala insonorizada. Él se cita a ella un precio razonable, y suavemente sugirió una fecha y tiempo. Ella hizo una cita con él.

Fue incluso mejor que Sarah darse cuenta de que quería ser pagada para azotarla a ella, porque no tendría interés personal en el fantasía, excepto a su favor.

Según el acuerdo, iba a haber nada de sexo real sólo participar en los azotes y la sensación de impotencia y presentación que viene de estar a merced de un desconocido que la castigaría a ella sin sentimientos, sin simpatía o escrúpulos, pero también sin degradación.

Sarah estaba en la acera con las piernas temblando por un largo tiempo antes de que ella se reuniera con su valor y se dirigió hasta la grava camino de entrada a la dirección que había recibido de la voz en el teléfono. En su mano derecha había una fusta que había comprado sólo por esta noche, sólo para este extraño aún sin rostro para utilizar en su tope. Se sentía como que pesaba una tonelada, y que era demasiado larga para ocultar. Ella espera que ninguno de sus vecinos lo vieron. Ella se sonrojó, pensando a sí misma de cómo se había sentido entrar en una tienda de silla de montar y comprarlo. Ella había sido que todos estén en la tienda sabía por qué estaba comprando lo de cultivos, sabía que no era que siempre la va a usar en un caballo.

Se dirigió al garaje como Mac le había dado instrucciones. Mac había sido más que dispuesto a ir con Sara, pero sabía que por instinto que parte de su fantasía era obligarse a él, a la solicitud de la paliza. Se acordó de él diciéndole que el garaje se había convertido en una sala especial, sólo por un propósito: dar cabida a las mujeres como ella. Las mujeres que querían recibir una palmada.

Llegó a la puerta exactamente a las 8 pm, la hora señalada. Él le había advertido que no habría una multa si llegaba tarde. Como todo lo que ella quería una paliza, no estaba segura de que quería un pena, lo que sería. Ella tocó el timbre y esperó.

Como se puso de pie en la puerta, se sintió como todo su cuerpo se hormigueo de miedo y anticipación, sobre todo su trasero. Su la boca seca, y se sintió escalofríos corriendo por su espina dorsal. Ella esperó, sin saber que lo que estaba detrás de la puerta se cambia toda su vida. Para siempre.

Cuando abrió la puerta, lo primero que noté fue que el hombre que ella había contratado era magnífico. Si ella había ordenado a su ideal hombre de un catálogo, que se asemejan al hombre de pie antes de ella. Tenía el pelo oscuro y ondulado, ojos azules brillantes, un cuerpo magnífico con una musculosa y una gran sonrisa. Él Estaba vestido con pantalón marrón y un jersey de punto azul y blanco que conjunto de sus ojos perfectamente.

-Hola-dijo, con voz relajada y amistosa. Tenía la mayoría de los a todos, abierta sonrisa Sarah había visto nunca. Él también tenía un toque de humor en su cara.

"Estoy Mac, debe ser Sarah?" En su gesto nervioso, dijo, "Entra no te hará daño", hizo una pausa y mostró su otra sonrisa, llena de humor y buen diablo, "y mucho. Confía en mí. Estás justo a tiempo. Estoy decepcionado."

Sarah encontró su voz. "¿Por qué?" Preguntó ella, entrar en la habitación.

Mantuvo la puerta abierta a la amplia sala, y mirando el interior, ella podía ver que era cálido y acogedor, decorado como cualquier dormitorio común. Tenía una gran cama con dosel y una cómoda, tanto en madera de nogal. La habitación había un armario, un baño y hasta un un pequeño refrigerador. Las paredes estaban pintadas de un azul pálido, y el colcha era de color azul real. Él le había dicho por teléfono que la habitación estaba completamente insonorizada.

"Así que usted puede gritar todo lo que quieras." Ella recordaba que se rió con buen humor genuino cuando le dijo eso, sino que Sarah todavía se sentía otra raza de escalofríos correr por su espalda.

Cerró la puerta detrás de ella y la cerró con un chasquido, traer de vuelta al presente y dejar sus recuerdos en frío en sus pistas.

"Yo te prometí un castigo por llegar tarde", dijo en voz baja. "Tal vez debería darle una multa por decepcionantes mí," le susurró al oído.

Eso no parece justo!" Fue una débil protesta.

"Sara, mi dulce, he sabido golpear a las mujeres por sólo respiración. ¿Cómo es eso justo?" Sonrió a ella, entonces brilló ella una mirada severa. "¿Y? ¿Por qué no se tarde?"

"Lo siento, yo tenía mucho miedo a llegar tarde," Sarah en voz baja.

"Chica tonta," Mac reprendió, "ven aquí."

Ella entró en la habitación y se dirigió a la derecha en sus brazos. Su abrazo era cálido y acogedor. Sus manos grandes, suaves se deslice hacia arriba y por la espalda y lentamente se abrieron paso hasta el culo. Él levantó el vestido que llevaba puesto, sin romper el abrazo, sigue llegando a su alrededor. Él le dio varias bofetadas duros o afilados sobre sus espaldas. Se deslizó sus manos dentro de su ropa interior teniendo un la mejilla en cada mano y apretando suavemente. Se deslizó sus manos de sus bragas y le dio el culo de un par de bofetadas más fuerte. Para Sarah las bofetadas se pican y se sentía muy bien, pero no se suficiente. Ella quería más. Por último, la soltó del abrazo y se apartó de ella.

Él la miró expectante. "Bueno, Sarah, lo que hace quieres?" le preguntó suavemente con su voz suave y profunda. Fue finalmente sucede. Su fantasía estaba a punto de comenzar. Algunas de las cosas que había discutido con él por teléfono fueron las novelas victorianas que había leído. En los libros, las niñas se realizaron siempre a pedir su castigo en formas muy explícito y humillantes. Ahora era su turno. Ella se congeló.

"Quiero que me des una paliza duro bueno." Su voz era un suave susurro tímido, tenía la cara caliente con un rubor.

6

Mac la empujó, la firma de su voz suave pero aún así, "Sarah?"
"Estoy destrozado, Quiero correr y quiero quedarme," admitió en una voz suave.

Mac tenía un instinto sobrenatural de estas cosas por lo que pidió a su en voz baja: "¿Cómo te sentirías si te vas ahora? Después de llegar este ahora?"

"Muy inteligente," sonrió Sara, su humor regresar, "y sin dolor, y ... "
"Como un cobarde?" Suministrado Mac.

"Sí," admitió, "como un cobarde, y curioso todavía, y avergonzado."

"No se sienta avergonzado a mi alrededor, querida Sara, no estoy juzgar que, "Mac sonrió. "Creo que te estás juzgando. Que hago creo, sin embargo, que si te vas te arrepentirás, y te voy a castigar usted se para. Creo que va a ser aún más duro en ti mismo que yo nunca podría ser. Así que dime Sarah ", que tuvo un tono más duro," lo que Qué quieres?"

Se mordió el labio, y luego le lanzó una mirada suplicante a su gran los ojos verdes. "Por favor, Mac, me dan una paliza."

Su voz sonaba pequeña, tenía la garganta apretada y seca.

"Una paliza?" Le preguntó suavemente, que parece considerar la idea. "Hard?"

Ella asintió con la cabeza, sus rizos rojos rebote corto, y luego se encontró con su voz, "duro."

Ella se movió rápidamente para hacer lo que le pidió.

"Bare fondo?" Se pinchó, atrayéndola hacia fuera.

"Sí," apenas hizo ningún sonido.

"Sí, ¿qué? Dicen que, chica, y hablar! "Era más firme, más magistral.

"Trasero desnudo." Llegó a lo más alto.

-Por favor-le pide él.

-Por favor-asintió ella, sonando aterrorizado, que suena muy emocionado.

"En toda mi regazo?" Preguntó él.

"Sí, por favor, a través de su regazo," respondió ella, con la cabeza colgando hacia abajo.

"Con mi mano?" Preguntó él con firmeza, siendo su líder. "Di todo, otra vez."

Ella respiró hondo y miró a los ojos. "Mac, que por favor, dame una muy larga, las nalgadas con fuerza con su mano en mi trasero desnudo, mientras yo yacía boca abajo sobre sus rodillas? Por favor?"

"Por supuesto, querida. Te daré un buen azote como lo que siempre dio a nadie. Voy a fijar su hermoso culo en el fuego por ti. Voy a hacer a su vez un rojo muy brillante y voy a hacer lo pican como el demonio. I promesa." De repente Mac ladró una orden, "Ven aquí, ahora!"

Su tono no dejaba lugar a dudas. Sara hizo lo que le dijo. Siguiendo sus órdenes, se trasladó la silla de madera normal en la centro de la pequeña habitación de madera.

"Quiero mucho espacio para levantar el brazo cuando te azotan," Mac dijo mirando con atención, a juzgar por sus reacciones.

Ella se movió de la silla en su lugar. Se quedó allí, mirándola. "Ahora, empuja hacia arriba la manga derecha de mi suéter para mí," ordenó-, "y besa la palma de mi mano derecha. La mano que estoy va a utilizar para golpear a usted muy duro."

Ella extendió la mano y empujó bajo la manga. Poco a poco se deslizó la la mano hasta la mano y besó la palma en bruto.

Después de la necesaria beso, se sentó en la silla de respaldo recto y dio unas palmaditas en su regazo. "En mis rodillas, ahora. Sarah dulce. Ya es hora."

Sarah Sentirse incómoda, envuelto a sí misma sobre sus rodillas. Mac dio una palmada sin siquiera levantar la falda. No fue un duro nalgada juguetón justa y burlas. Fue sólo un poco más difícil de aplasta la que había dado su abrazo, mientras ella. Sarah estaba casi decepcionado cuando de repente Mac comenzó a acelerar el ritmo de los golpes. En realidad no eran más difíciles, sólo más rápido, pero que comenzó a picar.

De repente, sin decir palabra, levantó la falda Mac y comenzó a azotar ella en bragas de encaje azul. Empezó a poner bofetada más en él, escozor, pero sin fuerza real. parte inferior de Sarah comenzó a sentir un hormigueo.

Mac se detuvo de nuevo. Le acarició y admiraba su color ligeramente rosado abajo, acariciando suavemente e incluso inclinándose para besar y cortar que.

"Ahora, Sarah, su azote comenzará," dijo Mac-. "Ponte de pie, quitar tu vestido y colgarlo en el armario."

Rápidamente se quitó el vestido de flores de verano de impresión, colgándolo cuidadosamente en el armario, salieron de sus zapatos a continuación, se quitó la pantimedias. Ella produjo dos bufandas largas de su bolso.

Ella se acercó hacia él, vestida sólo con las bragas a juego y el sujetador, y se colocan los pañuelos en la mano abierta. Ella cautela establecido a sí misma sobre su regazo. Ella llegó de nuevo a bajar su encaje azul ropa interior de nylon, pero Mac se lo impidió. Mac usa un pañuelo y atada las manos juntas, y ella tenía una sensación instantánea de impotencia. Con el pañuelo segundo empató las dos manos a la pata de la silla.

Cuando ella estaba atada, finalmente, en el lugar, ella casi se desmaya de su sentimientos de excitación y el pánico. Los sentimientos que sólo aumentó cuando sintió Mac baje suavemente sus bragas de encaje, de modo que colgaban en las piernas, casi hasta las rodillas.

Mac pasó un largo tiempo acariciando las nalgas suavemente. Frotamiento pequeños círculos suaves sobre la zona, que pronto recibió el castigo. Incluso le dio un beso y un pellizco en su ronda de empresa culo! Sara se retorcía en una agonía de anticipación nervioso.

"Deje de retorcerse!" -Ordenó con severidad.

"El suspense me está matando!" Se quejó Sara.

"Gee. Eso es muy malo." Simpatía Mac era obviamente falsa. "Voy a tener que poner fin al suspenso a continuación."

Sin previo aviso, estalló con una serie de golpes fuertes y rápidos en su trasero. Cada una de las bofetadas hizo un ruido fuerte en el pequeño habitación. Crack! Los golpes aterrizó primero en una mejilla y luego la otros, volviendo la delicada piel de color rojo rosado, rojo muy, y la toma de Sarah gritar en voz alta y se retuercen.

"Lay todavía, niña, y relajarse en el culo o lo será tanto más difícil de usted! "No hubo delicadeza ahora, ninguna voz suave, sólo una empresa, fuerte dominio.

De alguna manera, Sarah se obligó a obedecer. Crack! La paliza comenzó de nuevo, pero esta vez no fue tan duro, no viene tan rápido. En su parte inferior se calienta, la velocidad y la intensidad de la paliza acumulada. Se siguió y siguió. Él construyó el la fuerza y la velocidad de la paliza, luego bajó sólo para empezar la construcción de la intensidad de nuevo.

Culo de Sara estaba en llamas, y el dolor era insoportable y emocionante. Finalmente, después de lo que pareció una eternidad, dejó de azotar ella.

No desatar enseguida. En primer lugar, se frotó con un fresco la loción en la parte inferior palpitante, a continuación, a juzgar por sus reacciones, que sacó las mejillas ligeramente separados y los dedos su clítoris y el ano. Estaba dispuesto a detener a cualquier signo de resistencia a este tratamiento; después de todo, no era parte de lo que había planeado. Sara parecía para relajarse y deleitarse con su toque. Así que él le dio unos momentos de bromas suaves.

Desató las manos y tenía su puesto delante de él, frente a lejos de él. Se quedó allí sentado mirando las nalgas, admirando el color que había puesto en ellos.

Se puso de pie. "Sarah, poner la silla en la que lo encontró, y luego de pie en la esquina con su ropa interior hasta que le digo que usted se mueva." Vio que ella accedió. "Y ni siquiera pensar frotando el trasero!"

"Ahora hay que darme las gracias por darle una buena y dura nalgadas, y girando el culo hermoso como un rojo bonito, brillante," que ordenó después de que ella había estado en la esquina durante unos minutos.

"Gr ... gracias por la buena zurra, duro," susurró, volver la cabeza y mirando por encima del hombro de él. Ella fue todo un espectáculo, con el rostro casi tan rojo como su pelo, o su trasero. "Y para convertir el culo tan rojo."

Extendió la mano y sacar con cuidado su ropa interior delicada espalda en su lugar, luego suavemente le dio la vuelta y tiró de ella en su los brazos y abrazó brevemente sus antes decirle que ponga la cara de vuelta en la esquina y esperar a que más pedidos.

Mac se alejó de ella y se sentó en su enorme y acolchada sillón. Observó Sarah y utilizar sus instintos, que se increíble, para determinar si Sarah quisiera aprovechar esta más lejos.

Todos sus años de experiencia le dijo que era todo un descubrimiento. Ella tomaría todo lo que podía dar y disfrutar de ella, ella no lo sabía sin embargo. También fue muy dulce y muy bonita.

Mac admitió a sí mismo que por primera vez en su vida fue seriamente atraído a un cliente que paga.

"Sweet Sarah, ven aquí y siéntate en mi regazo," dijo Mac en voz baja. Cuando se acercó, él la tiró hacia abajo sobre su regazo.

Él la abrazó suavemente y le acarició el pelo. Se acomodó en su los brazos con un suspiro de satisfacción, con la cabeza descansando sobre su pecho, justo debajo de la barbilla. Se sentaron así durante mucho tiempo, hablando en voz baja y simplemente relajarse.

Después de aproximadamente media hora más o menos, Mac dijo en voz baja, "Sarah, le dije a que hay algo que nunca lo hacen?"

"No, no puedo pensar en otra cosa", dijo en voz baja, mirando a él. "A menos que fuera que nunca tiene relaciones sexuales con sus clientes, o incluso beso."

"Eso es lo que estaba pensando en el beso, no el sexo", que, dijo. "Nunca hago uno con un cliente, pero ahora mismo se pensando en cómo nunca beso a un cliente, nunca."

"Y que me estás diciendo esto porque?-Le preguntó, con los ojos de ancho y cuestionamiento.

"A causa de esto." Besó; una oferta a largo beso, a partir suave y romántico y rápidamente la construcción de intensidad. El beso que nunca deslizó en el reino de la plena en la pasión, pero hacía calor y dulce, con un toque del incendio por venir.

Sarah encontró su voz, "Me alegro de que aclaró que hasta."

Ella seguía sentada, colgadas precariamente sobre su rodilla durante un muy largo tiempo. Le susurró palabras cariñosas suave en la oreja y consoló por un tiempo muy largo. Se vanagloriaba de los abrazos y el calor reconfortante de sus brazos alrededor de ella. Eventualmente él le dijo que de pie delante de él.

"Ahora, niña, es hora de avanzar. Dime qué más Quieres que te hagan a ti." Su voz era firme y al mando otra vez.

Esta vez, ella le respondió con mayor facilidad, "Quiero que el látigo yo, con la fusta que trajo consigo, en mi trasero desnudo y hacen que sea muy, muy duro, por favor. "

Se quedó en silencio delante de él, con las manos cruzadas como una niña buena, la sensación más que un poco aturdido. Sorprendido por la facilidad con la que pidió una paliza. Sus nalgas aún latía de la paliza, pero el dolor agudo se había desvanecido.

Se había desatado las manos de la pata de la silla, y desató una mano, pero todavía había un nudo alrededor de la muñeca de la otra.

-Muy bien, niña Sarah, quítese la ropa interior por completo e ir de pie al final de la cama-ordenó.

Había una esperanza en el pecho de cedro, al pie de los cuatro postes cama, por lo que Sarah era realmente de pie cerca de tres pies de distancia de la cama. Mac había a mitad de camino se interponen entre los dos postes de la cama, y entonces él tiró de ella hacia delante y atado las muñecas con la bufanda que se le atribuye a un puesto. Ató la otra muñeca a la otra después de la misma manera. Debido a que el pecho se inclinó ligeramente adelante con sus nalgas expulsados. Se trataba de un incómodo y humillante posición. Sarah podía mover sus pies y mover detrás de ella, pero las manos atadas mantuvo parcialmente inmovilizado. Mac la sobresaltó al atar una venda en la cara luego le dijo a ella iba a descansar por un tiempo, y que tendría que espere unos minutos para su azotes!

"No me importa esperar, qué niña?" Preguntó con dureza.

"Por favor, Mac, ahora me látigo. Por favor no me hagas esperar. "Sarah estaba temblando.

"Usted se arrepentirá de ese comentario cuando lo haga moverse a los azotes usted," dijo Mac con severidad. "Te deseo que había hecho la espera más larga."

Ella era a la vez la mitad ansioso y asustado de su mente, el espera y la venda de los ojos más que aumentar su tensión. Su las emociones se intensificaron, sus nervios en el filo de la navaja.

Ese fue el punto, por supuesto. Eso, y dejar cualquier rastro de el dolor de los azotes se asientan en un poco. Mac decidió hacer esta memorable para Sarah y para sí mismo. Por una vez no se trataba sólo negocio, una manera de ganar un ingreso extra. Estaba fascinado por Sarah. Ella era la más hermosa, más dulce, y por lo cansado mujer que había visto en mucho tiempo. Ella fue muy valiente también. Estoy en problemas, pensó. Un cliente no es menos, ¿quién hubiera imaginado? Él decidió tomar esto mucho más allá de su acuerdo original. Había algunas sorpresas en el almacén para ella, tanto antes como después de la azotes con su fusta nueva.

Con el tiempo, Sarah comenzó a inquietarse y gemir un poco, y Mac preocupado de que él había llevado demasiado duro. Después de todo, esta fue la primera vez que había jugado a ningún juego nalgadas.

"Demasiado miedo para llevar a cabo, pequeña?" Se preguntó de manera deliberada sarcástico. "Ir al cabo de pollo?"

Sarah no podía responder, ni siquiera podía asentir, que adapta Mac muy bien. Cogió la cosecha y se puso a través de buches el aire, por lo que Sarah flaquear antes de que alguna vez lo hizo caer sobre su trasero temblando. Caminó detrás de ella y Sara tenso, en espera de la barra de dolor. Esperó en vano, sino que no llevar la cosecha hasta en el culo de inmediato, pero puso sobre la esperanza en el pecho a su lado, sacó una silla y se sentó detrás de ella hacia abajo.

Sarah estaba asustado y desconcertado.

"¿Qué estás haciendo?" Preguntó ella.

Mac respondió: "Yo sólo pensé en divertirme un poco más antes de con la fusta. Esto no es nada comparado con lo que soy planea hacer entre la fusta y su tercera paliza!"

"En tercer lugar azotes!" Farfulló ella. "Pero, pero esto es todo lo pagado, es por lo que yo quería que fuera. No se puede!" Protestó. "¿Qué estás haciendo ahora?"

"Oye chica, recuerde que está amarrado! Puedo, y haré lo que yo quiero." Él se inclinó y le mordisqueó suavemente todavía caliente culo rosa. Su voz se hizo más suave como añadió en un persuadir suavemente el tono, "Baby Relax, te encanta. También quiero que sepas que esto no tiene nada que ver con dinero, esto es sólo para la diversión entre nosotros. Confía en mí, usted tiene hasta el momento."

Ella le hizo un gesto débil. Él puso sus manos a cada lado de el culo, bajó la cabeza y empezó a besar y se burlan de su culo. Él se pellizca poco más de su trasero, y usó su lengua en el estrecho apertura de su ano, deslizando los dedos de una mano en el vagina. Sara se retorció y movió cuando ella se hizo más y más excitado. Sin embargo, continuó, trabajando su magia con su lengua y los dientes. En poco tiempo, ella vino.

Tan pronto como dejó de temblar con la fuerza de su orgasmo, Mac se llevaba bien con el negocio original. Cogió la cosecha y se lo llevó la roza abajo en las nalgas. El le dio un fuertes latigazos, pero no tan grave que lo hizo ningún daño real, que no salir de cualquier contusiones profundas o ronchas. Su trasero era aún más rojo ahora que antes y me dolió muchísimo. Cuando terminó, él desató las manos de Sara y empujó el pecho a una manta secundarios. Había Sarah se siente en el pecho de madera dura, haciendo caso omiso de su dolor en la parte inferior.

Él le dijo que se quitara la venda de los ojos. Había rastros de las lágrimas en sus ojos verdes, lo que les brillan como esmeraldas, y una suave tímida sonrisa en los labios temblando.

Después de un rato, Mac le dijo que se quitara el sujetador y luego se sientan en Al final de la cama, y luego a descansar, con las piernas colgando fuera de la extremo de la cama. Ella se sonrojó mientras se quitaba el sujetador pero cumplido sin protestar.

Él se movió con rapidez, antes de que Sarah pudiera reaccionar. Uso de la restricciones que se mantienen en su lugar en la patas de la parte delantera del cama, se ató a Sarah con los brazos sobre la cabeza. Tiró la silla hacia atrás hasta el final de la cama y bajó su boca casi hasta su coño caliente.

Él la miró con una ceja levantada, "¿de acuerdo?"

Cuando levantó la cabeza y asintió con la cabeza, sin habla, que bajó su boca. Él comió con su lengua hábil hasta ella vino otra vez, luego se trasladó hasta su firma, pechos redondos. Él amamantó y le besó los pechos durante mucho tiempo.

Se subió a la cama, de rodillas con una rodilla a cada lado de sus caderas. Usando sus manos para empujar sus pechos juntos, empuja su polla grande dentro y fuera del valle entre ellos. Él jodido el escote hasta que fue casi al punto del orgasmo. Subió más arriba en la cama todavía la transzonales, hasta que tuvo su polla erecta muy cerca de su cara.

"Pensé que nuestro plan era que no hay sexo," dijo riendo, bromeando.

"Se me ocurrió un nuevo plan," le dijo en serio.

"No me digas," ella sonrió, "déjame adivinar."

Ella levantó la cabeza otra vez y de inmediato tomó su polla en su dulce boca, chupar y lamer, y de alguna manera zumbido en al mismo tiempo. Mac contuvo el aliento al reconocer la melodía. Fue el popular tema de una película acerca de los tiburones. Se quedó paralizado por un momento.

Sarah dejó lo que estaba haciendo lo suficiente para mirar hacia arriba a él con una sonrisa socarrona y decir: "Confía en mí!"

Mac se echó a reír como él disparó su carga de semen profundamente en su la garganta. Se quedó allí juntos, ya que se recuperó. Eventualmente comenzó a bromear con ella un poco, despertando tanto de ellos otra vez.

"Está bien. ¿Qué mierda al lado, o la sodomía," se preguntó, sólo la mitad bromeando, perezosamente acariciando su trasero sigue siendo rojo.

Su respuesta fue suave y grave. "Nunca he intentado, eh, la sodomía antes."

"Así está bien, vamos a coger y guardar la sodomía para la gran final," que dijo rodar encima de ella. "Despúes de la última paliza."

"Va a haber más?" Preguntó asombrado.

"No va a ser mucho más," respondió él, con solemnidad.

"¿Puedo tener mis manos libres?" Sarah pidió en voz baja.

"Todavía no, el amor." Besó la nariz.

En ese momento cuando entró en el coño, ella no estaba dispuesta a discutir con cualquier cosa. Se sacudió y golpeó juntos en una primaria frenesí hasta el clímax explosivo vino, sacude a los dos en su intensidad. Sarah nunca había sido atado durante las relaciones sexuales antes, y descubrió que se agregó un condimento extra, un fuera de control sensación de la sensualidad de la experiencia. Especialmente desde que su las nalgas todavía le dolía y palpitaba desde el duro castigo que había recibido en la mano de Mac.

Una vez más descansado; Mac abrió una botella de champán y celebrada el cristal, mientras que Sarah bebía. A pesar de sus brazos se empezando a doler, no le pido de nuevo que ser puesto en libertad.

Mac le desató el tiempo, sin embargo. Él la abrazó y acarició ella, la trataba tan suavemente que apenas podía creer que había sólo su batida sin piedad con una fusta y una palmada a su culo desnudo salvajemente con las manos.

¿Cómo sucedió, ella nunca supo, pero de repente ella se en el vientre de nuevo, las manos atadas a la cabecera de nuevo. Ella Se inclinó sobre el borde de la cama, con los pies en el suelo. Mac fija sus pies a las patas de la cama. Sacó su cámara y comenzó a tomar fotos de ella. Él fotografió a su rojo detrás, sus refuerzos, el coño, todo lo que pudo concentrarse. Ella comenzó a protestar luego se echó a reír al oír el ya frase familiar.

"Confía en mí!"

Puso la cámara en un trípode, entonces se acercó al armario y sacó una vara de abedul grande, agitándolo para relajarse. Es silbó como él lo agitó en el aire. Sarah notó que una gotas de humedad salpicada de la barra como él lo tiró a la ligera.

Se lo mostró a Sarah. "Es una vara de abedul real con todos los brotes en él, y se ha empapado en salmuera. Se debe doler mucho, tal vez incluso le corte, Qué te parece bien?"

Sarah se sentía hipnotizado a la vista y el sonido de la vara, fascinado y poco enferma, pero ella asintió con la cabeza y respondió: en voz baja, "confío en ti."

"Entonces me pidas que te abedul, me preguntan muy bonito," dijo.

"Por favor, señor, abedul mi trasero desnudo tan duro como pueda," que ingestión, "por favor."

"Niña, te voy a azotar hasta que la sangre corre por las piernas y no puede sentarse o en posición plana sobre su espalda durante una semana. "Por ahora Sarah Mac sabía lo suficiente como para estar seguros de que se trataba de una exageración, significaba para ella excitar.

Mac se centró la cámara en el culo de Sara y se utiliza un mando a distancia botón para tomar fotos de la barra de golpear a sus espaldas. Después de unos pocos imágenes, dejó el mando a distancia y se concentró en batir ella.

No fue grave como birchings ir, pero que todavía se utiliza la barra duro suficiente para criar a un débil pocas ronchas e incluso causar unas gotas de sangre. Terminó con cortes de media docena, más duro que el resto. Entonces se detuvo y tomó unas cuantas fotos más.

"Es hora de darme las gracias, niña," dijo Mac con severidad.

"Gracias por los azotes," murmuró Sarah, sonando como ella no tenía mucha energía a la izquierda. Esta vez hubo más que los rastros de lágrimas en sus hermosos ojos. Esta vez ella tenía lágrimas corriendo por su cara y ella se estaba luchando para evitar que se llorando abiertamente.

Él le desató y le ordenó besar a la barra y lo guardó. Cuando ella había hecho lo ordenado, que le había volver a la posición, y la ató a la cama otra vez. Sacó algunos crema lubricante que se extendió en su ano, en los dedos y sobre su polla. Luego, suavemente comenzó a coger su dedo el ano; teniendo su tiempo trabajó uno, luego dos, y finalmente tres dedos en su culo.

Cuando estuvo lista que inserta su pene en su ano, y suavemente comenzó a moverse dentro de ella como ella se relajó y abrió ella arriba, disfrutando de las sensaciones que él le estaba dando. Ella incluso disfrutó de la sensación de su embestida en contra de su dolorosa las nalgas. Se bombea con más fuerza y más difícil. Se las arregló para agarrar el botón de la cámara y haz unas cuantas fotos de su la polla en su culo antes de tirar a un lado y la construcción de hasta un clímax frenético.

Él la ayudó a acostarse boca abajo en la cama y bañado con cuidado y trataba a su trasero dolorido. Antes de que pudiera preguntarle qué estaba pasando que ver con las fotos, le dio el rollo de película.

"Un recuerdo de lo que espero no es nuestra única noche juntos, y Yo no quiero decir que te quiero para un cliente habitual! Realmente Quiero que en mi vida, Sara, el amor. Creo que incluso podría desee en mi negocio también," hizo una pausa, besándola suavemente. "¿Crees que podría dar una paliza, así como que se puede tomar?"

Sarah le dio una sonrisa diabólica. "Yo estaría encantado de demostrar cualquier tiempo. Usted se merece un poco de recuperación."

"De alguna manera creo que voy a esperar hasta que se enfríe, y no sólo significa que su atrás, antes de que te deje en cualquier lugar cerca de mi trasero." El la besó en la punta de la nariz. "Soy un hombre muy sabio."

"¿Dijiste que eras un hombre sabio," dijo con una sonrisa socarrona, "o un culo sabio?"

"Sólo me insulta, ¿por qué no? Justo cuando iba a ser agradable y le dan su dinero de vuelta." Se le entregó el dinero y se puso serio. "Lo que tuvimos esta noche fue más que un solo nalgadas poco. Fue muy grande entre nosotros, y más que sexo salvaje, rizado. Si mantiene su dinero me sentiría como una prostituta, y aún más importante, se podría pensar de mí como uno solo. El que el sexo había algo especial, no sólo parte de un acuerdo."

Sarah tomó el dinero y el rollo de película. Ella dijo, "Oh my Dios! En primer lugar, creo que eres muy especial también. Somos especiales juntos. Me gustaría estar con ustedes de cualquier manera, en cualquier momento," ella se rió. "En segundo lugar, ¿cómo diablos hago para esta película desarrollados? Es probablemente un poco demasiado sexy para la farmacia."

"No sé lo que quieres decir," bromeó. "No es más que la sodomía y S & M, lo que es tan sexy acerca de eso?"

"Si no sabes, tú estás haciendo mal," le pinchan. "Sé que no voy a entregar esto al tipo de la foto mostrador."

"No te preocupes, tengo un cuarto oscuro, pero yo no quiero que tengas cualquier ansiedad acerca de mi que los negativos que hacer nada raro con ellos." Él sonrió, "Si lo desea, podemos desarrollar juntos."

"Mac, querida", que rodó más, ignorando el dolor en su las nalgas, y extendió la mano para él, "Me encanta pasar tiempo en un cuarto oscuro, cualquier cuarto oscuro con usted, en cualquier momento." Ella lo sacó hacia ella, y deslizó una mano hacia abajo con suavidad para acariciarlo. "Si que en ninguna prisa para desarrollar esa película?"

"No, Sarah, el amor,-le entró," vamos a ver lo que podemos desarrollar aquí."

Yo hice todo esto en una sola sesión, pero soy un poco sorprendido de que incluso puede sentarse. Mi amante fantástico mi trasero, bien y duro, para la investigación. Maldito bien de él, ¿no? También se ofreció a atar y sodomizar mí, de nuevo en nombre de la investigación. Voy a tener en cuenta!

Dos

Prefiero la cara del juez

Si una mujer es descuidada con la posesión más preciosa de su marido, lo enojado será el? ¿Y si ella misma es la más valiosa posesión? ¿Toma su castigo a un nivel que incluso las hojas le agita?

Linda y Fred había estado casada durante cinco años, y Fueron años muy felices. Fred hizo una buena vida, y lo hizo Linda. Ellos no eran ricos, por cualquier medio, pero que cómodo. Ellos no tienen hijos todavía, pero se les esperando a uno que tiene bastante pronto.

Eran una pareja atractiva. Fred había sal y la pimienta de pelo, poco sorprendente a su edad, pero el color realmente puesta su pizarra azul los ojos. Sus ojos deben parecer frío, pero fueron pocas veces. Él era un hombre tolerante, lleno de vida suficientes y la alegría que su ojos brillaban con calidez. Linda tenía más curvas de lo que se moda, pero se veían muy bien en ella. Su cabello estaba caliente sable, y sus ojos castaños se llenaron siempre con diversión. Casi siempre.

Linda y Fred jugaba nalgadas, sólo por diversión. Fue simplemente una parte de su juego amoroso. Se burla y diversión, alegre, y nunca llevada al extremo. La única vez que se más grave fue cuando Fred le dio una paliza Linda disciplina.

Sin embargo rara vez lo hizo. Fred había varias razones para no con la disciplina interna muy a menudo. Por un lado, prefirió que las nalgadas como parte de su juego divertido, y sentía que eso también muchos azotes disciplina tomaría la diversión fuera de él. Por otro, creía que para él utilizar la disciplina a Linda significaba que tenía que ser casi perfecto, y él sabía que era un muy lejos de ella. También fue un hombre muy amable y muy en el fondo enamorado de Linda.

Fred nunca pegarle a Linda por gastar demasiado dinero, por

ejemplo, o para hablar de nuevo a él. No le importaba si ella juró como un marinero borracho. Él nunca le impartió una conferencia sobre su modales o cómo se vestía. Nunca se enfadaba si ella argumentó con él o actuó desafiante. Las únicas dos cosas que se disciplina para ella estaban haciendo algo para ponerse en peligro, y mentir sobre ello.

Si hizo algo descuidada o insegura, y si ella tomó un riesgo de daño a sí misma oa otras personas, que se intervenga y que se le sin piedad. Él la quería con él durante mucho tiempo, mucho tiempo. Que no significaba que no podía hacer deporte, montar a caballo o salir con las niñas. Simplemente quería decir que tenía que hacer las cosas pensando en la seguridad, evitando riesgos innecesarios. Cosas como usar un casco cuando montaba su bicicleta, o llamando a él si le quedó varado en algún lugar y se sentía insegura. Incluso le llamaba si tenía un par de copas, en lugar de conducir a casa.

Por supuesto que mentir para evitar el castigo también fue un gran error, si que han sido capturados, se obtendría el doble de la pena. Fue peor, mucho peor, ya menudo amenazado de que sería repite al día siguiente. Hasta ahora, nunca lo había hecho.

Linda estaba en la cena de cocina que se fijan, cuando Fred comenzó equilibrar la chequera y pagar las cuentas mensuales. Miró en su cartera, como hacía siempre, en busca de su talonario de cheques y el registro que mantiene de retiros en cajeros automáticos y compras de débito. Él fue a través de los proyectos de ley, que se reservaron para el pago, y comprobar la correspondencia del día para cualquier nuevos proyectos de ley y de la tarjeta de crédito declaraciones. Vio un sobre del sistema judicial y lo puso en la pila, pensando que era probablemente un jurado. Él la extendió a todos sobre su escritorio, ordenar las cosas en limpio montoncitos.

Abrió la carta y su sangre se le heló. Linda había conseguido un billete de exceso de velocidad, una de las pocas cosas que garantiza que ganarse la una nalgadas graves. El hecho de que ella no le había dicho al respecto sólo lo hizo peor. El hecho de que se estaba por ir más de veinte millas el límite, selló su destino. Veinte millas! ¿Qué se cree que estaba haciendo, volver a la promulgación de la 500 Millas de Indianápolis?

Dejó la carta de cargo a un lado y volvió a la talonario de cheques. Se deducen todos los retiros en cajeros automáticos cada una de ellas había hecho, y las compras de débito, y miró por encima de los controles, un total de todo. Él estaba tan absorto en las matemáticas, casi se perdió la realización de una entrada en su chequera.

Miró por encima del lote de cheques cancelados el banco había adjunta a la declaración. Su sangre comenzó a hervir. No había otra multa pagada al sistema judicial. Un gran multa. Miró la fecha, y lo suficientemente seguro - que fue pagado antes de que Linda tuvo la exceso de velocidad billete. Eso significaba que tenía dos entradas en un mes y no le había dicho acerca de cualquiera de ellos. Su ganso estaba bien y realmente cocidos.

Linda alcanzó su punto máximo de la cocina y vio a Fred con el chequera de su bolso. Ella sabía que iba a buscar el cheque por el billete que había pagado. Se preguntó si podía llegar a alguna razón para el pago de una multa tan grande que no obtendría su una palmada. O, si ella ha encontrado una explicación adecuada, sería ella capaz de obtener Fred creerla.

Sabía que si no encontraba una salida de ella, que estaba en problemas gran tiempo. Él lo cuenta dos cosas para ser castigados en el billete, y no le decía en la delantera. No le importaba nalgadas, pero nalgadas Fred disciplina estaban bien, un dolor en el culo.

"Fred, tengo la cena lista," dijo que suena como si no tener un cuidado en el mundo.

Se acercó a él y deslizó sus brazos alrededor de su cuello. Al mirar hacia abajo en la mesa, vio el sobre. Parecía tan familiar, como el que ella se le decía lo mucho que se va a su costo de su boleto que apresura pasado. Fue inaugurado, pero el contenido aún se encontraban dentro del sobre. Tal vez no había los sacó y lo leyó, sin embargo, que ella esperaba. De alguna manera, ella sabía ella no iba a tener tanta suerte.

Fred volvió la cabeza y la besó. "Voy a estar ahí, el amor," dijo, no parece tener nada en su mente. "Usted no creer lo alto nuestro seguro se va para arriba! Es penal! Estamos conductores seguros. No tenemos ningún accidente o boletos en nuestros registros."

"Es terrible, lo sé," dijo débilmente, mientras iba de regreso a la cocina.

Tenían una agradable comida. Ella había preparado una cazuela y un ensalada. Había un pastel de fresas frescas, que había traído casa para el postre. Hablaron acerca de su día durante la cena. Él nunca se le hizo saber que había visto a los boletos.

Ellos vieron un poco de televisión, sentados lado a lado en el sofá, antes de va a la cama. A medida que nos preparamos para la cama, se puso amoroso. Él la besaba y burlarse de ella, despertando ella.

Se puso una paliza bien, divertido y erótico, seguido por una pelea de hacer el amor que, además, encabeza la tabla de lo que he tenido recientemente. Hicieron el amor con tanta ternura y pasión que Parecía que el primer fuego de su romance. Después, como ella acurrucó en sus brazos, pensó que había tenido suerte. Al parecer, no había notado el exceso de velocidad.

Ella comenzó a quedarse dormido, contento y saciado. Apenas sintió levantarse de la cama. Nunca se dio cuenta de que había sacado en sus pantalones vaqueros y una camiseta. Nada le amedrenta hasta que sacudió la despierto.

"Linda, despierta!" Ordenó. "Y quiero decir ahora!"

"Fred, ¿qué es?" Ella bostezó y se estiró.

"Es el momento para que usted pueda pagar por sus infracciones," dijo con severidad, "y no me hablaba de ellos en el primer lugar. ¿Se usted cree que podría ocultar de mí? ¿Te Creo no se diera cuenta? Ponte en la esquina."

Linda se sentó, despierta al instante, y de inmediato temiendo lo que sabía que se avecinaba. -Lo siento-susurró, sabiendo que no le ayuda en absoluto. Ella estaba temblando como se puso de pie y entró en la esquina. Odiaba tiempo en el rincón, pero odiaba que lo se produjo después de más.

Se fue a su colección de juguetes y empezó a buscar a través, teniendo en cuenta y el rechazo de algunos, tirando a otros fuera. Él había una pala, una correa y la caña establecidos antes de que él le dijo que venir a la cama.

Él estaba sentado en el borde de la cama, y mandó con severidad a ponerse de pie delante de él, con los ojos hacia abajo. A pesar de que se dio cuenta de que había sacado la pala más duro y correa, no los que causaron el dolor de tejido más profundo. Ella desconcertada en el que incluso cuando comenzó la conferencia. Y que era una conferencia.

"Linda, Te amo," comenzó, "y mi mayor temor es perder usted. No sé cómo me gustaría enfrentar, cómo me gustaría incluso ir en todo caso te ha pasado. Es por eso que la única vez que realmente me enoja es cuando usted toma riesgos innecesarios. Riesgos como beber y conducir, o manejar después de tomar unas copas, o con mal tiempo. Usted puede Llámeme en cualquier momento y vamos a trabajar a cabo una forma de llegar a casa con seguridad."

"Usted puede llamar a un taxi o encontrar un lugar seguro para pasar la noche. Lo que sea necesario. Yo hago lo mismo porque no quiero deje usted."

"Lo siento mucho-dijo simplemente, con la cabeza gacha.

"Sé que son," le dijo en voz baja, "pero se está acelerando algo que se puede evitar. Sólo más lento. No hay lugar que tiene que ser tan malo que usted no puede tomar tiempo para llegar con seguridad. I perdió a dos miembros de la familia y amigo de uno a accidentes de tráfico. No Crees que quiero perderte también?"

"No, Fred."

"Usted se va 20 millas sobre el límite de velocidad, o más, cuando tienes un boleto. ¿Qué tan rápido se va cuando se tiene la otros?"

"Fue escrito como 45 en una zona de 30 millas por hora," admitió en voz baja, "pero era más como 50."

"Así que hay que aprender una lección, una lección muy seria," dijo con firmeza. "Hay que aprender a seguir los límites de velocidad. No Está de acuerdo?"

-Sí, Fred."

"Y tiene que aprender esta lección dos veces, estuvo de acuerdo?"

-Sí, Fred."

"Hay algo más," le fulminó con la mirada en ella, "odio a la me mientes. Es lo único que se me enoje acerca."

"Yo no ...-empezó.

"Al no me está diciendo y aceptar su castigo, eso es sólo lo que hizo." No había compromiso en su voz. Ninguno en sus ojos. "Usted va a pagar por esas mentiras, así como los dos boletos. Me temo que tendrá más de lo que le puede dar en una noche. Usted será castigado esta noche y de nuevo mañana por la noche. Esta noche vamos a uso de los implementos de picadura, y mañana vamos a utilizar los que ir más profundo."

"Fred." Sonaba Es lastimero. Hizo una pausa, pero sabía que tenía algo que tenía que decir, "Fred, tengo que decirte algo. Tengo un boleto de estacionamiento en la actualidad."

"¿Y qué?" dijo a la ligera. "Alquiler de mal puede ser estúpido, pero no te va a poner en peligro físico, ¿no?"

"No."

-Entonces, volvamos a la cuestión que nos ocupa. "Era popa."

"Fred, yo ..."

"Ni una sola palabra, a menos que quiere ir por tres noches."

Ella mantuvo la boca bien cerrada.

"Y usted tendrá la caña de las dos noches, dos docenas de cortes," que agregó.

Su boca se abrieron de golpe, pero él la hizo callar con una mirada severa.

"En mis rodillas," dijo sin emoción.

Una vez que ella estaba en posición, él empezó a pegarle sin misericordia, sin calentamiento, rápido y duro. Cada golpe de su mano causando un fuerte CLAP al aterrizar. Cada golpe le causó a gemir y jadear.

Fue una paliza de largo, una azotaina mucho tiempo. No había misericordia, no azota fácil, no más lento. Finalmente terminó.

"Ponga boca abajo sobre la cama-ordenó."

Ella se puso en posición. Él remaba, de nuevo fue muy duro y muy rápido. La paleta hizo un fuerte chasquido, y su gritos de asombro se convirtió en gritos agudos poco de dolor. Ella parecía extrañamente un cachorro que se intensificó accidentalmente. Finalmente, después de una cantidad insoportable de tiempo se detuvo.

El tiempo suficiente para recoger el cuero. WHAP! A pesar de que se utilizó para nalgadas, muy pocas veces había sido castigado, de verdad castigados. Los cuarenta o cincuenta con la correa casi se insoportable.

Por último, dio la orden para que ella ponga la pala de distancia y llevar la caña. Lo hizo, y luego le ordenó que inclinarse sobre el respaldo de una silla y agarrar el asiento. Normalmente se puso la mitad de muchos con la caña como con cualquier otro instrumento, pero con severidad anunció dos docenas, y le ordenó que los pidan, gracias él por cada uno y llevar la cuenta.

"Por favor, dame la primera," dijo en voz baja.

Slash!

"¡Ah! Uno de ellos, gracias. ¿Puedo tener otro?" Gestionado ella.

Slash!

"Dos, ¡Ay! Gracias. ¿Puedo tener otro?-Su voz era aún más suave.

"Habla con claridad," le ordenó, "o la carrera no contará."

Y así fue, era el castigo más severo que había cada vez recibido y no hubo ningún indicio de placer o excitación detrás el dolor. Era sólo el dolor. dolor puro. El total de dos docenas de los caña de casi la mató. Por lo menos se sentía de esa manera con ella.

"Stand en la esquina!" Ordenó bruscamente.

Dos veces esquina, dos! Ella pensó. Voy a matarlo. Lo que hizo no ven, con la nariz en la esquina, fue lo mal las manos temblaban, y la palidez de su rostro. Fue un largo tiempo antes de que él mismo compuso y le dijo que podía volver a cama.

Por primera vez después de una paliza, la diversión o la disciplina, no hubo abrazos reconfortantes, postratamiento no y no loción ternura frota sobre la zona lesionada. También por primera vez, no hubo caricias, ninguna oferta de hacer el amor después de la paliza.

Mientras ella se quedó dormida tenía una pregunta para él. "Fred, ¿por qué esperar hasta después de que hicimos el amor para castigarme?"

"Yo quería deshacerse de cualquier feromonas antes de quedar el nalgadas," dijo con frialdad. "Quería asegurarse de que no sentía rastro de placer de su castigo."

"No funcionó," dijo, sigue sonando llorosa, "créanme que trabajado."

"Y yo sabía que ibas a ser muy dolorida, y mal marcados después," que agregó.

"Cuando tienen dolor y las marcas nunca me ha impedido hacer el amor?" suspiró ella, y antes de mañana, de hecho hacer el amor otra vez. Sin embargo, temía la noche por venir. La anticipación se casi peor que el castigo.

Al día siguiente ella se quedó en casa desde el trabajo. No sólo era dolor, pero también temía la noche siguiente.

Se despertó con la sensación de náuseas y sin resolver. La sensación pasado pero corría algo en su memoria.

Esa noche, como un sombrío Fred llegó a la puerta, había una sorpresa para él. Ella había preparado una cena fantástica para él.

"Es hora de subir las escaleras," sonaba renunció.

"Creo que es posible que desee cambiar sus planes para esta noche," ella le sonrió con picardía.

"¿Has venido para arriba con una débil excusa para salir de su castigo?" sonaba que escéptico.

"Una manera de salir," sí-sonrió a él. "Endeble? No. Sólo se encuentran otra razón para ser muy cuidadoso."

Le tendió el palo poco que dijo, "embarazada."

A veces, usted sabe que está mal y descuidado. A veces, un lección de obras para cambiar su forma. A veces sólo tienen que crecer y encontrar una nueva razón para protegerse y proteger a su familia.

Tres

Las parejas y sus juguetes

¿Cómo puede obtener su novia para experimentar un poco más? A veces, trayendo otra mujer es la mejor manera. Sé que muchos de hombres y mujeres que cambian, por lo que esta historia es mi reconocimiento a ellos. Soy un fondo natural, pero puedo conseguir referencias que cuando yo arriba, me golpeó duro. Tal vez demasiado duro! Creo que si vamos a hacer algo, puede ser que también lo hace bien! Ponga su mejor esfuerzo en ello, por así decirlo.

Martí y Russ no habían estado juntos mucho tiempo, pero eran muy los amantes de la cerca. Desde el momento en que se conocieron, cada uno de ellos sabía que esto era algo algo especial, raro. Russ había introducido Martí una nueva forma de juego: nalgadas. La mayoría de las veces era un juguetón, tierno y apasionado, pero de vez en cuando a él le gustaba tomar Martí sobre las rodillas para una juguetona, apasionada, a veces ligeramente nalgadas dolorosas. Martí había aprendido a disfrutar de ella, y la nalgadas había llegado poco a poco un poco más difícil, y un buen poco más frecuentes.

Que sólo había hecho azotar la mano hasta el momento, no había probado ninguna juguetes todavía. Russ quería, pero Martí era resistente. Ella no sabía por qué ella dudó, pero dio la idea de una paleta o una correa de cuero su escalofríos. Jugando con los juguetes no fue lo único que se resistente a la. Russ fue también un interruptor, y quería Martí para azotar él de vez en cuando, pero se sentía gracioso y torpe, incluso el pensamiento al respecto.

Hasta ahora se había resistido a la idea, pero ella estaba haciendo poco a poco dispuesto a darle una oportunidad. Caramba, pensó, a veces las nalgadas Russ parece una buena idea real. Es un buen hombre, pero todavía está así, un hombre.

La otra cosa que Martí se había resistido a que iba con él a un lugar llamado El Club de Pádel. Russ nunca había sido él mismo, por lo que no fue capaz de dar alguna idea de Martí de qué esperar, y fue ella miedo de los miembros sería demasiado extraño, demasiado atrevido, para ella. Y ¿Y si no va el sexo involucrados grupo? ¡Qué asco!

Un día, Russ se burlaban de ella en el trabajo con una serie de amenazas, bromas y llamadas de teléfono sexy. La primera vez que llamó, fue cantando y parafraseando, Té para dos, sólo la frase, "Imagen que a través de mis rodillas." Haga clic.

Más tarde fue: "Mi mano está con ganas de hacer el contacto agudo con su trasero desnudo." Haga clic.

"Asegúrese de llevar su ropa interior antes de llegar a casa, o más." Haga clic.

Otro mensaje sonsonete: "Rojo y caliente, roja y caliente, que es el tipo de fondo que tienes." Haga clic.

"Tal vez una paleta." Haga clic.

A pesar de que nunca había usado los juguetes, que había oído hablar de ellos.

"Oye nena," su voz era amable, de baja y sexy, "parada en el tienda de alimentos los días 6 y me compre una fusta nueva, ¿de acuerdo?"

"¿Esperas que usted compra un látigo para que me golpearon con?" ella gritó.

"Una cosecha, y lo que te hace pensar que quieres usarlo en ti? Paranoid, mucho?" Haga clic.

Se sentó en su escritorio pensando, fantaseando con la noche por delante. Se imaginó a Russ, su complexión delgada, su pelo negro, ligeramente teñida de gris, y su sonrisa maravillosa. Ella pasó sus dedos a través de su pelo rubio fresa como ella soñaba. Russ queridos su pelo, le encantaba molestar a los rizos animados, tanto en la cabeza y los inferiores.

Ella hizo lo que le dijo, más o menos, que compró la fusta, pero en un acto de desafío, dejó su ropa interior. Ella se dirigió a su casa mojado, excitado y nervioso. Sabía que con la compra de la cosecha, que finalmente su consentimiento para el uso de los juguetes. Por lo menos era consentimiento para tratar los juguetes.

Él la saludó en la puerta con un caluroso abrazo y un beso caliente. Él tomó la fusta y miró la vuelta, haciendo buches fuertemente a través del aire y sonriendo suavemente a la incertidumbre en su cara. Dio la vuelta con el dedo perezosamente en el aire.

"Da la vuelta y levanta su falda," dijo en voz baja, sus ojos castaños cálido, divertido y un toque del diablo.

De pronto se daba cuenta de su error al desafiar él sobre la ropa interior, ella trató de distraerlo. "De quién es ese coche en Delante de la casa?"

"Te diré," dijo cuidadosamente, "después. A su vez. Falda. Ahora."

Se dio la vuelta, levantó la falda hasta la cintura, revelando que ella todavía llevaba su ropa interior.

"Oh no," se rió, "descarada desafiante."

Él golpeó con fuerza a sus seis veces con la mano, inteligente aplasta picadura. Luego se bajó la ropa interior y lo repitió un poco más difícil. Él nunca la tocó con el cultivo.

"Ahora, levante sus bragas, querida." Besó en la mejilla. "Nosotros tener invitados."

Él la llevó a la sala.

Martí se rompió. Varias emociones corrió a través de ella. En primer lugar, daba vergüenza. Había oído a sus invitados conseguir un manotazo? Tenían que haber oído. En segundo lugar, vagamente decepcionado. Después de todo que la acumulación, que era todo lo que se va a jugar? ¿Qué el cultivo? Y el pánico última. ¿Se refería a presentarla a más de los juguetes? Fue esta va a ser una cosa de sexo en grupo? ¿Por qué se Hay extraños en su sala de estar?

Ella era débil ya que se introdujo con Suzanne y James. Susana era una mujer que acaba de forma natural parecía real y elegante. Desde las primeras apariencias, nadie adivinó cómo se establecen a la tierra que realmente era. James irradiaba calor, y de fácil humor. También fue, obviamente, muy profundamente enamorado de Susana. Incierto de lo que Russ tenía en mente, de repente sentí tímido en frente a los dos extraños. Ella no quería cumplir con sus ojos, y no podía pensar en una palabra que decir. En un instante de pánico, hizo algunas excusas débiles y rápidamente abandonó la sala. Fue a la cocina, con refrescos para los invitados como una excusa para su escapar.

"Usted no la preparan muy bien, Russ," miró a Suzanne él con la acusación en sus ojos. "Quédate aquí y hablar con James. Voy a ir a hablar con ella."

Ella encontró a Martí en la cocina vertiendo té helado. "¿Puedo ayudarle?" Ella no se sorprendió al ver lágrimas en los ojos color avellana de Martí. "Usted pobre. Puedo decir que no te dije que íbamos a venir o le permiten decidir si estaban listos para algunos juegos en grupo, ¿verdad?"

Martí asintió con la cabeza, obviamente miserable. "¿El juego en grupo incluyen grupo del mismo sexo? Porque ..."

"¡Oh, no!" Con una risa suave, Suzanne saltó para tranquilizarla, "No, en absoluto. ¿Es eso lo que pensabas? No es de extrañar que son tan molesto! ¿Se puede explicar?"

Al asentir en silencio Martí, Suzanne continuó: "Bueno, déjame decirte Russ lo que tenía en mente, y déjenme asegurarles que su parte es completamente voluntaria. Cada vez que jugamos tiene que ser consensuada y dispuestos, o no jugamos. ¿De acuerdo?"

Suzanne se sentó en una de las sillas contra. "En primer lugar, James y yo estamos muy monógama. Nalgadas y una palmada de ser por los demás está bien, pero a excepción de un beso, por lo general en la mejilla como una saludo amistoso, no hay sexo besándose, oral, anal o vaginal de cualquier tipo se permite con otros socios. ¿De acuerdo?"

Martí asintió sin decir palabra, aliviado. Suzanne continuó, "Russ dijo que le gustaba jugar a juegos de nalgadas.Dijo que le gustaba azotar para la diversión, pero nunca había jugado con juguetes. Él creía que eras reacios y un poco de miedo de jugar con juguetes.Él estaba interesado en aprender más acerca de jugar con palas, correas y otros juguetes. También estaba interesado en aprender más sobre nuestro grupo."

Hizo una pausa, "¿Sabes James y yo somos parte de un grupo llamado El Club de Pádel? Bueno, tenemos un montón de diversión con el grupo y son super buena gente. También jugar con juguetes mucho. Y que sabemos acerca de cosas como los ejercicios de calentamiento y después de la atención. Russ pensamiento que te gustaría así, beneficiarse de nuestra experiencia. ¿Qué Russ no dijo es que era sorprendente que con nosotros." Hizo una pausa otra vez. "Si quieres podemos jugar, o sólo podemos hablar."

"Me gustaría estar nervioso en un grupo de desconocidos," dijo Martí, y añadió en voz baja, "y … bueno, estoy muy gorda."

"Usted no es la grasa," dijo Suzanne firmemente. "Tenemos algunos miembros que son gordos y no está ni siquiera cerca de él. Agradablemente regordete, tal vez, pero no de grasa."

"Gracias, pero …"

"No, pero se acerca. Los estrellas de la televisión, modelos y el resto de ellos están equivocados. Usted está bien." Suzanne le dijo: "También hemos miembros de la muy delgada para mucho más pesado de lo que son, y no se los juzga por el tamaño. No me malinterpreten, algunas personas prefiero jugar con un determinado tipo, pero es amable y respetuoso con todos. También usted, mi querido, sería muy popular debido a sus curvas, no a pesar de ellos, y para su personalidad. La mayoría de nuestros hombres como una mujer con un botín."

Al reír de Martí, Suzanne continuó: "Por supuesto, si hacemos el juego, usted no tiene que ir trasero desnudo a menos que desee. Usted puede jugar a través de sus bragas, o mantener su falda. Voluntario significa sólo que," Suzanne sonrió a Martí. "Sobre el sucio truco Russ puso esta noche, creo que usted debe tomar la cosecha a su parte posterior de ella, y me refiero a duro. ¿No?"

Martí estaba en shock. "¿Qué? Cultivos él?¿Cómo?"

"Bueno, él se sienta en algo no lo hace? Acaba de obtener esa parte de él desnudo y aplicar la cosecha a la misma."

"Para Russ!-Chilló Martí.

"Para Russ!" Suzanne asintió con la cabeza. "Sé que me gustaría. Y yo quiero, después de la cena." Ella recogió a dos de los vasos de té helado. "¿Se que por lo menos decirle que había pizza que viene?"

Cuando ella negó con la cabeza, Suzanne se rió y dijo, "los hombres!" en un tono tan exasperado que Martí echó a reír también.

"¿Listo?" Suzanne miró por encima del hombro a Martí.

Martí asintió con la cabeza, era difícil no sentirse mejor después de hablar con Suzanne, que es una mujer tan abierta y amistosa.

"Russ?" Dijo Suzanne dulcemente, "Lo que vas a llegar primero. Inmediatamente después de la comida viene. Te lo mereces. Usted no explicó cosas que ella lo suficientemente bien y dejar que se molesto y confundido."

En ese momento casi exacta sonó el timbre y la pizza fue entregado. Los cuatro se sentó y comió su pizza, y el chat descanso. Martí estaba sorprendido de lo mucho que le gustaba esta gente. Ella ya Suzanne vio como un amigo. James era jovial, amable y como Suzanne, que parecía abierto y cálido.

Después de la pizza se había ido, los platos de papel vueltas y más hielo té derramado, Suzanne se volvió hacia Russ. "Como he dicho Russ, en primer lugar. em Drop 'y doblar encima! Martí, encontramos que fusta Russ dijo a comprar y utilizarlo!"

Russ se sorprendió, pero no sorprendido. Él bajó los pantalones y se inclinó, con las manos en el asiento de una silla de respaldo recto. Martí utiliza el cultivo en su parte inferior con timidez, sobre sus jinetes, pero lo hizo utilizarlo.

Suzanne se acercó y sacó los jinetes hacia abajo. "Ahora hay que ir para ello. Mucho más difícil." Martí intentó, pero todavía era tímido y lleno de con vacilación. Le entregó la cosecha a Suzanne.

"Ahora vas a conseguirlo," dijo a Russ. "No será tan fácil en usted como ella." Suzanne se hizo cargo y se Russ está detrás de rojo, pero ella nunca lo hizo retorcerse o hacer un sonido.

James se hizo cargo de que, sin embargo, tomó el siguiente turno con la de cultivos y se retuercen Russ y aliento, con bastante facilidad.

Él no solía jugar con los hombres, sino Suzanne había susurrado lo que debería, sólo para ayudar a relajarse Martí.

A continuación se James se utilizan en la cosecha de él. Una vez más hizo Martí los honores en primer lugar. Ella era un poco más difícil con James. A continuación, Suzanne le atormentaba porque sabía que sus manchas y secretos. Russ era simplemente graves.

Suzanne estaba al lado. En primer lugar se puso una rodilla sobre la paliza de los hombres y luego tuvo Martí uso de una paleta de ella. Ella entrenado y fastidiado Martí hasta que utilizar la paleta muy duro. Entonces ella se arrodilló sobre un taburete, mientras que Russ su bastonazos. James se sentó delante de ella, besándola y hablar con ella en un tono cariñoso.

Luego fue el turno de Martí. James palmada ella sólo un poco más difícil y más rápido que Russ ha tenido, sobre las rodillas con la mano. Cuando Martí gritó, se detuvo al instante.

"Detener o Go," se preguntó.

Ella nunca supo por qué, dijo, "Go!"

Se intensificó el ritmo un poco, hasta que dijo: "¡Alto!"

Después de un breve descanso Suzanne Martí presentó a ambos lados de un cepillo para el cabello. A continuación, Russ utiliza una paleta pesada. James puso un demostración magistral con Suzanne como su víctima, mostrando su competencia con un cultivo, cepillo, paleta, tawse, caña y caña. Él Suzanne empujado a sus límites considerables.

"Ahora Martí, a gusto." James tiró de ella sobre sus rodillas para una algunos de los tawse entonces había inclinarse sobre el escritorio al lado Suzanne de unos cortes afilados de la caña y algunos de la barra. Él le daría un corte, y luego Suzanne a su lado un más difícil silbando corte. Una y otra vez alternó, dejando Martí sentir la la fuerza de los golpes recibidos Suzanne sin sentir el fuerte, escozor dolor.

Todo lo que hacía era para su placer, para que ella aprenda a el amor las sensaciones y estar dispuestos a ir un poco más allá de los próximos tiempo.

Antes de terminar, James Russ había demostrado el uso de unos pocos otros instrumentos de Martí. Implementa que amaba. Jugó con hielo, guantes de piel y plumas, y Suzanne suavemente pasó la uñas de acrílico en la parte inferior de licitación de Martí. Cada sensación era diferentes, y cada uno fue utilizado entre azotes para que su fondo era muy sensible. Por último Russ frotó loción sobre su abajo, acariciando y acariciando desde hace mucho tiempo, mucho tiempo.

Las dos parejas se sentaron y hablaron un poco más. Esta vez, cuando que menciona el club, Martí acordó darle una oportunidad.

James y Suzanne invitó a Russ y Martí en su casa la semana siguiente. James se ofreció para mostrar Russ y Martí algunos trucos cuerda.

Observación de Santiago de despedida a Martí, "La próxima semana voy a tomar por encima de mi rodilla y pegar, a continuación, la tira se desnuda y la corbata para arriba antes de que te de caña." Cuando Martí quedó sin aliento por la sorpresa, continuó, "Y usted puede hacer lo mismo para mí."

"Le mostraremos cómo jugar con seguridad, incluso si ya está todo atado." Suzanne sonrió sorpresa de Martí.

Russ y Martí hicieron el amor toda la noche. Justo antes de que se fue a dormir, dijo, "¿Atado?"

Yo ya había aprendido mucho de experimentación antes de conocer a cualquier amigos nalgadas. Ahora sé que muchas parejas como Susana y James. Abierta, amable y la mejor gente en la Tierra, sin excepción. Y Me negaré a pegarle a nadie que esté en desacuerdo.

Cuatro

Gee, jefe Gracias

¿Qué hacer con un empleado que realmente te gusta, si ella acaba de parece que no puede hacer un buen trabajo?¿Le parece a alguien que pueda enseñarle disciplina? ¿Le gusta la idea de su sobre las rodillas de un hombre? ¿Te gustaría ver? ¿O sólo traer de vuelta dolorosa recuerdos?

"Rick," preguntó Cheryl en voz baja, mirando hacia abajo como siempre cuando estaba en su habitación especial."¿Puedo hablar contigo un minuto?"

"Usted sabe lo que ocurre cuando intenta detener o hablar me out del castigo que se merecen," dijo en voz baja. Fue un advertencia. "¿Realmente quieres hacer eso?"

"¡No!" Cheryl miró para arriba, un rastro de miedo en sus ojos color avellana. "Yo después de decir, creo, sólo tengo algo que quiero discutir con usted. En serio."

"Muy bien, vamos a hablar después de su castigo." Rick se detuvo, a continuación, dijo con firmeza: "¿Sabes por qué estás aquí, ¿no?"

Ella realmente se había metido en problemas esta vez. Había sido bien durante tanto tiempo ahora, que ella se complaciente. No era sólo que que había ido de compras y gastó mucho dinero. Marido de Cheryl Gary no era uno que preocuparse demasiado por los detalles como que, como siempre y cuando todas las facturas se pagan a tiempo sin tener que echar mano de sus ahorros.

Ese fue el problema. Se había olvidado de pagar la factura de electricidad, la nota coche y el seguro del automóvil. Cuando miró a la equilibrio en la cuenta de cheques y vio que había un buen poco de dinero disponible, ella hizo lo que cualquier mujer haría. Ella hizo la "vuelta al cole" de compras para los niños, compró ropa nueva de invierno para ella, e incluso derrochado en un vestido sexy para una próxima fiesta que ella y Gary se va a.

Todo estaba bien hasta que la electricidad fue cortada, el crédito empresa amenazó con la cesión temporal del vehículo y el seguro de automóvil expirado. Gary se puso loco. Llamó a Rick y configurar el cita inmediatamente para enseñar una lección Cheryl. Es por eso que estaba comprimida en una cita por la mañana, y se enfrentó a trabajar el resto del día con un fondo muy adolorido. Ella se sentía buena suerte de que no iba a ser más graves. ¿Y si su los niños estaban en el coche y ella tuvo un accidente sin seguro?

"Te hice una pregunta, señorita!" Corte voz aguda de Rick en su ensueño.

Su voz, y se ve por lo demás, estaban en desacuerdo con su personalidad. Tenía el pelo hirsuto rubio, casi platino, y ojos azules profundos. Fue muy buena forma con un montón de músculos. Él parecía el prototipo de un niño de playa de California. Él debe estar navegando en algún lugar de... Cheryl cortar el pensamiento fuera de responder a él.

"Sí, Rick, yo sé por qué estoy aquí." Cheryl bajó la cabeza. "Yo se olvidó de pagar algunas cuentas muy importante este mes, que causado todo tipo de problemas."

"¿Por ejemplo?" Preguntó en voz baja.

"Es dañado nuestra evaluación de crédito que me atrasé en pagar las cuentas, que en peligro a nuestra familia por conducir sin seguro de automóvil, y incluso avergonzado a mi marido. Luego me pasó el dinero en tiendas así que tuvimos que cortar en nuestra cuenta de ahorros para pagar las cuentas."

"Realmente lo hice esta vez, ¿no?" Rick dijo suavemente: "Tú se interpondrá en la esquina de 20 minutos. Use ese tiempo para pensar por lo que hiciste. Usted va a tener una muy grave el castigo de hoy, de hecho, tengo el permiso de su marido para ir a cualquier longitud que siento es necesario. Incluso la caña de azúcar."

"La caña!" Cheryl palideció, "Rick, créeme, que la caña no se ser necesario, si no puedo evitarlo."

"Estaré de vuelta pronto." Rick sonrió alegremente cuando salía de la habitación.

"No se apresure en mi cuenta," Cheryl susurró tristemente a su retirarse de nuevo.

Ella sabía por experiencia lo doloroso no seguir su órdenes significaría. Sin dudarlo se puso de pie, extendió la mano debajo de la falda para bajar las bragas, se levantó la falda y se quedó con la nariz en la esquina. Odiaba la espera, pero también se Sabía que cuando la espera había terminado, había deseo que había adoptado más tiempo.

Por último, Rick volvió.

"Cheryl, ven aquí y vamos a empezar a enseñar a un grave lección sobre pago de cuentas." Él dio unas palmaditas en su regazo.

Ella se coloca sobre sus rodillas, lo sintió subir la falda y tensa. Era la cosa incorrecta a hacer, ya que sólo hizo la pegarle duro primero duele aún más. Ella no tenía tiempo para te preocupes por eso, aunque, para que pegarle primero fue seguido en rápida sucesión por muchos otros. La paliza duro cubrió toda la parte inferior y la parte superior de sus muslos. Fue muy largo, muy duro y muy rápido. Ella estaba rogando y llorando antes de que se incluso la mitad.

"¡Cállate!" Mandó con severidad.

Trató de seguir las órdenes, con sólo un éxito parcial. Por último, dejó de azotar a su cuidado y se frotó los hombros, antes de diciéndole en un tono de mando suave para ir a buscar la pala pesada.

"El que tiene agujeros, Cheryl," dijo con firmeza pero en un sorprendentemente agradable voz.

Cheryl dio la vuelta y realmente golpeó el suelo con los pies. "No los condenados perforados pared!"

Rick ojos se estrecharon. Él dijo en voz baja, "¿Perdón? ¿Qué usted dice señorita?"

Cheryl palideció, "Lo siento, Rick."

Al darse cuenta de que había cometido un error importante, se apresuró a obtener el odiaba a remo y se la entregó a él, los ojos bajos, pero sin hacer más comentarios. Ella se coloca en la posición sobre las rodillas sin que siquiera preguntar.

"Usted sabe que la explosión le costará poco, ¿no?" Que preguntó.

"¿Tiene ... Qué significa el bastón?" Cheryl pidió, entre lágrimas.

-Todavía no. Probablemente debería, pero voy a darle una mayor oportunidad," le dijo. "Cualquier desobediencia más efectivamente significará la caña. Para esta primera desobediencia, voy a ir fácil en usted y sólo utilizar el tawse en lugar de la correa de cuero."

-Entonces, usted sabe que irá a la caña, yo nunca lo he hecho a través de la tawse sin una explosión!" protestó Cheryl.

"Usted sólo tendrá que tratar hoy en día muy duro," dijo con frialdad. "Es todo depende de ti."

Sin palabras nuevas que trajo la pala en una estrellándose SWAT. Smack! Y así empezó todo. Cheryl y sollozó se declaró y le pidió, pero la lluvia de golpes sin piedad continúa en la nalgas y los muslos hasta que ella estaba roja y manchada por todas partes. Él remando detuvo y le dijo que estar en la esquina de corto tiempo.

Se sentó a su mesa y bebió un vaso de agua. Odiaba castigar dulce Cheryl tan difícil pero también de acuerdo con ella esposo: Había olvidado lo mucho que odiaba a los castigo, olvidado todos sus duras lecciones sobre la responsabilidad y realmente en mal estado. Fue hace mucho tiempo para una sesión y los dos Rick y su esposo acordaron que ella necesitaba para ser memorable.

Se levantó bruscamente y fue a buscar el tawse del gabinete. "Bend sobre el escritorio, Cheryl, y vamos a obtener esta desagradable de una vez. Voy a ser rápido, seguro que usted puede tomar dos docenas sin cualquier estallido?"

Cheryl palideció, "Dos docenas?"

"Sólo tienen sobre la mesa y tomar él," dijo. "Va a ser otra vez en menos de un minuto."

Se trató, en realidad, pero a la décima parte de la barra tawse fue gritando, por la duodécima estaba retorciéndose, y estaba allí el sudor en el labio superior de su determinación de aferrarse. Por supuesto, ni Rick ni Cheryl dio cuenta de que estaba sudando por el esfuerzo; ambos pensaban que la humedad era sólo de sus lágrimas. Por el XVI, ella pensó que iba a morir por el esfuerzo de tienen su lugar, y por el XVII, se rompió.

"¡Maldita sea! No puedo aguantar más!" Ella cayó a la alfombra sollozando, "Lo siento, Rick, no puedo!"

"Estabas tan cerca, demasiado," dijo en voz baja. "Pero usted sabe, no puedo lo dejará." Él caminó hacia la caja y poner algo en el bolsillo.

-Ya lo sé-continuó-a sollozar.

Él se dejó caer sobre la alfombra, el tawse en la mano. "Usted sabe que necesita esto."

"Sí, Rick," hipo ella.

Casi suavemente, él la tiró sobre las rodillas y dio rápidamente ella los últimos siete con el tawse. Los trazos eran agudos, rápidos y no muy duro. Cheryl se dio cuenta de que incluso a través del dolor ella ya estaba sintiendo.

"Y ahora, antes de la caña obtendrá diez con el cepillo para que la desobediencia."

Ella se retorció, en protesta, "Rick!"

"¿Cuántas docenas quieres de la caña?"

Cerró la boca y tomó las diez, una vez más, aunque dolorosas que no fueron lo peor que había sentido nunca.

"Ahora, supongamos que la posición de una paliza duro bueno," Rick mandado. "Creo que una docena serán suficientes si los toma así."

Tomó todo su coraje y determinación, pero que los llevó lo suficientemente bien como para que ella sólo tiene un extra de seis. Se acabó!

"Tómese todo el tiempo que necesita," dijo Rick suavemente. "Cuando se está listo, te veré en la sala de consulta de nuestra conversación."

"Gracias Rick." Cheryl sonrió entre lágrimas.

"No hay problema." Él sonrió mientras abandonaba la sala. "Es un placer."

"Ciertamente, no la mía," murmuró.

Poco tiempo después se reunió con Rick en la sala de consulta.

"Tome asiento," ofreció, entregándole un vídeo de su castigo.

Arrugó la nariz en él. "Gracias, pero yo estoy voy," que sonrió. "Gary va a encantar esta cinta!" En su mirada inquisitiva que agregó: "Él juega de nuevo a todo el tiempo y los últimos son tan de edad."

-Lo sé," dijo Rick lentamente, "Gary me dijo que estaba pensando en que voy a dar nalgadas afinar todos los meses si no hacer algo lo suficientemente fuerte para conseguir un verdadero castigo."

"Me gustaría tener una palmada por no ser malo?" Preguntó. "No parece justo."

"No es un azote fuerte, lo suficientemente fuerte como para recordar cómo mal te odio un castigo real, pero eso es entre usted y Gary." Hizo una pausa-, "Yo no quiero correr, Cheryl, pero ..."

-Lo sé, usted tiene que salir pronto," dijo Cheryl en voz baja. "Rick me tengo un problema con mi nueva secretaria, Kathy. Pensé que tal vez ¿Ha tenido alguna sugerencia sobre cómo puedo disciplina ella."

"¿Cuál es el problema?" Preguntó.

"Bueno, ella es una nueva contratación en su período de prueba de 90 días, para que yo pudiera fuego ella, pero, maldita sea, me gusta la niña," suspiró Cheryl. "Ella es tarde varios días a la semana y por lo general se pierde al menos un día completo. Su trabajo es descuidado y mal hecho. Ella es lento y la presentación sólo que hace es en las uñas! Me gustaría poder enviarla a usted."

"Suena como que podría utilizar la disciplina," él estuvo de acuerdo.

"Además de eso, ella quiere un aumento de sueldo!" Se levantó la voz de Cheryl en indignación.

"Dime otra vez. ¿Por qué no su fuego?" Preguntó.

-Porque me gusta como persona y me recuera a mí mismo antes de que empezaron a llegar a usted," respondió Cheryl lentamente.

"No puedo tener un cliente sin el consentimiento de su marido." Rick sólo una palmada mujeres, y siempre a petición de su marido.

-Ya lo sé."

"Por lo tanto," Rick sonrió, "obtener su acuerdo."

"¿Cómo?" Preguntó.

"Esto es lo que yo haría." Rick rápidamente esbozado un plan.

"Gracias Rick." Sonrió a él. "Adiós."

"Que tenga un buen día," dijo alegremente. "Nos vemos pronto."

-No si puedo evitarlo," se lanzó hacia él, riendo.

De vuelta en la oficina, Cheryl entró en el baño de mujeres. Tomó unos momentos para ella para refrescarse y había fijado su pelo en un bollo suave en la nuca de su cuello. Tenía bastante pelo, la color era profundo y rico chocolate, con sólo un toque de luz pocos de gris. En casa, por lo general lo llevaba suelto y hacia abajo, pero prefería pin up en la oficina.

"Kathy, antes de ir a almorzar me gustaría verte en mi oficina, por favor," dijo Cheryl con calma una vez que ella estaba de vuelta en su escritorio.

"Pero yo estaba a punto de ..." Kathy empezó.

"Deja de comer antes de tiempo?" dijo Cheryl con una sonrisa forzada. "No hoy no lo son. En mi oficina. Ahora."

Kathy hizo un mohín su camino a la oficina de Cheryl y se dejó caer en una silla frente al escritorio de Cheryl. "¿Qué es?"

Cheryl estudió la niña por unos instantes antes de responder. Kathy parecía más joven, más inmaduros que sus veinte años. Ella era delgada, con cabello castaño oscuro, emparejado con el de color marrón oscuro los ojos. Su cara era bonita, con forma de corazón y tuvo un gran cheque huesos. Cheryl pensó que Kathy se había basado, probablemente en su mira bastante para salir adelante, y ya era hora que terminó de una vez para todos.

"Quiero hablar con usted acerca de su trabajo y sus hábitos de trabajo," Cheryl le dijo. "Usted ha estado con nosotros durante un mes y un la mitad, y me gustaría ver si usted puede hacer algunas mejoras antes de la revisión de 90 días se acerca."

"Para que yo pueda conseguir un aumento?" Iluminado la cara de Kathy arriba.

"Para que usted pueda mantener su trabajo." Observó Cheryl cara de la chica gota. "Me gustas Kathy y me gustaría mantenerlo como mi secretaria, pero su trabajo y sus hábitos de trabajo no están a la par. Puedo ir dos maneras. O yo lo despida ahora mismo o que trato de enseñarle cómo hacer un buen trabajo. Me gustaría seguir, pero algunos cambios necesidad de hacer. Así que escribí a cabo una revisión, no oficial, pero al igual que yo escribir si su revisión se vencen hoy. Te he calificado en varias áreas." Ella celebró una copia del documento. "La asistencia a cero: 5 días perdidos en seis semanas; puntualidad a cero: 14 incidentes de tardanzas, 6 tarde al trabajo, y 8 con un retraso de regresar de almorzar. Ahora no la lista aquí, pero me doy cuenta de que a menudo salir temprano para el almuerzo como así como al final del día. Capacidad para seguir la dirección-3: se son descuidados en las direcciones siguientes, y no espero menos de un 4; Capacidad para trabajar sin dirección-0: de nuevo, espero que no menos de un 4; Actitud-0: Kathy, usted no está tratando!" de tratado de Cheryl ignorar las lágrimas en los ojos de la muchacha.

"Trato!" dijo Kathy protesta. "Pero hay tantas cosas que no saben. Es mi primer trabajo!"

"Y la tardanza?" Pide Cheryl.

"Hay una gran cantidad de tráfico por las mañanas!" Se lamentaba Kathy.

"Y no puedes salir de casa antes porque ..." dijo Cheryl en voz baja.

"Supongo que podría, pero tendría que levantarse tan temprano!" dijo Kathy en un voz tensa. "Habíamos planeado para buscar un apartamento cerca de la ciudad cuando llegué a mi aumento, pero ahora..."

"Usted tiene 45 días más? Puede levantarse temprano tanto tiempo," Cheryl preguntó.

-Puedo intentarlo," prometió Kathy.

"Trate de duro," Cheryl ordenó en voz baja.

"¿Qué hay de salir temprano para el almuerzo y al final del día?" Cheryl preguntó.

"El comedor se pone tan ocupado que trata de llegar un poco temprana," dijo Kathy.

"A continuación, cambiar la hora del almuerzo. Trate de tomarla a las 11:30 en lugar del mediodía. Pero recuerde que significa que tiene que estar de vuelta en el trabajo a las 12:30 en lugar de 1:00."

-De acuerdo-asintió Kathy.

"Y salir temprano?" Preguntó Cheryl.

"Para evitar el tráfico," dijo Kathy. "La autopista está amarrado real rápido."

"Ahora que es un problema. Si usted fuera puntual me dejas cambiar las horas de 7:30-4:30 para evitar lo peor de todo, pero como se tendrá que aguantarse," dijo Cheryl.

"Muy bien," dijo Kathy débilmente.

"Pero el resto de esta, los hábitos de trabajo y la actitud, sumada a sus problemas con la puntualidad y la impuntualidad ..." Cheryl sacudió con la cabeza. "Kathy, ¿puedo hablar con libertad?"

"Sí, por supuesto," dijo Kathy, sonando perplejo.

"Se necesita disciplina," dijo Cheryl firmemente.

"Bueno, yo sé que necesito aprender auto-dis ..." Kathy comenzó.

"No Kathy, necesita disciplina real," dijo Cheryl. "¿Ha había algún problema con tu esposo sobre sus hábitos de trabajo? Hábitos de gasto? Las tareas del hogar?"

"Sí, él es tan exigente. Él me trata como si yo fuera una criada o algo," hizo un mohín Kathy.

"Bueno Kathy la línea de fondo es que para mí sigues, yo quiere reunirse con usted y su esposo juntos y discutir esto con los dos," sonrió Cheryl y un escalofrío bajó columna vertebral de Kathy. "Vamos a ver si puedo encontrar una manera de ayudarle permanecer en línea. ¿Puede venir aquí a las 5 PM?"

"Creo que él puede, déjame ver. ¿Qué quieres verlo sobre?" Kathy preguntó.

"Voy a hablar con ustedes dos juntos," dijo Cheryl. "Ahora ve a almuerzo y pensar las cosas."

Esa noche, Kathy marido, Tom, entró Cheryl le gustaba inmediatamente. Él estaba preocupado, pero también fácil. Era guapo también, con el pelo recto terriblemente negro. Parecía como si tenía sangre india americana, pero tenía los ojos azules brillantes. Se sentaron todos en la oficina y Cheryl le dijo lo mismo cosas que ya había discutido con Kathy. También le pidió acerca de cómo Kathy estaba en casa.

"Me encanta Kathy pero ella es muy mal con sus hábitos de gasto, yo no puede hacer que se guarde un centavo, y me gustaría tener una casa algún día. El apartamento está siempre sucio de dejar sus cosas todo, y bueno cielos es difícil conseguir que cocinar. Nos separamos las tareas a mi lista, pero siempre se hace y el de ella es apenas empezar!"

"Usted tiene la lista de fácil!" protestó Kathy.

"Te voy a comercio y ver si le parece," Tom, el que ofrece desafío. "Apuesto a que es la misma historia, mi lista de hacer y los suyos siguen colgando."

"Tengo una sugerencia," añadió Cheryl en voz baja antes de una pelea real comenzó derecho en su oficina. "¿Alguna vez has dado una buena duro nalgadas?"

"No quiero decir ..." la voz de Kathy rosa estridente.

"Sí, lo hago," Cheryl fue implacable, "si quiere mantener su trabajo."

"Pero no puedo pegarle a Kathy!" Tom protestó. "No es sólo en mi la naturaleza. No es algo que podía hacer."

"Entonces me conoces a alguien que lo haga por usted," dijo Cheryl. "Él trabaja fuera de su casa aquí en la ciudad y se especializa en de modificación de conducta. Yo ya hice una cita para que usted pueda ir a hablar con él. Sugiero que los dos se da prisa por allí para una consultar. Ahora. Si desea que este trabajo, ir allí y hablar con él. Rick ha accedido a quedarse hasta tarde para hablar con usted. Y si usted firma un contrato con él, voy a pagar por la sesión y dejar de salir trabajo para una cita en cualquier momento si es necesario."

"¿Ahora?" Kathy miró como si estuviera a punto de llorar.

"Una consulta solamente, Kathy," dijo Cheryl. "No va a doler un poco."

"Cariño, emitió un ultimátum para mantener su trabajo, así que vamos a ir," Tom dijo con suavidad. Miró a Cheryl. "No tenemos que inscribirse, ¿verdad?"

-No, pero ir a hablar con Rick y creo que más," dijo Cheryl. "Y Kathy, mejorar su desempeño en el trabajo."

"Cariño, esto puede llegar a ser una buena cosa para nosotros," dijo Tom en silencio una vez que estaban en el coche.

"¿He sido tan malo?" dijo Kathy.

"Te quiero, pero sí, usted necesita aprender un poco de auto-control," Tom admitió. "A menudo he pensado que usted necesita un buen pasado de moda nalgadas, pero no puedo resignarme a hacerlo."

"Lo siento, Tom," dijo Kathy, "pero todavía no creo que golpearme va a resolver nuestros problemas."

"Nalgadas."

"O," dijo Kathy con firmeza. "Si mis padres no me azotan, ¿para qué?"

"Debido a que no te azotan, y es parte de su formación que perdido," dijo Tom con firmeza.

"Capacitación para qué? Para ser su esclavo?" Atacó a Kathy.

"Formación para ser un adulto, mi pareja y mi esposa," dijo Tom en voz baja mientras estacionaba frente al edificio de Rick. "Por lo menos escuchar y pensar en ello, por favor?"

"Lo haré." Kathy tono menor.

"Hola Tom, Kathy, soy Rick," sostuvo su mano y le dio a ambos una sonrisa amistosa. "Vamos in por favor, siéntese."

"Hola Rick," dijo Tom, sentado.

-Hola-murmuró Kathy, de pie cerca de la puerta, mirando como si estaba listo para el perno.

Era una mirada de Rick se conocen muy bien. "Relax Kathy, estamos aquí para hablar. Te lo prometo. Lo que parece ser el problema?"

"Kathy tiene problemas en el trabajo y no hacer sus tareas en casa," dijo Tom. "Y ella gasta demasiado dinero."

"Si eres el secretario Cheryl me habló?" Preguntó Rick.

"¿Cómo sabes Cheryl?" Kathy preguntó de repente sospechoso.

"Es un viejo amigo-respondió Rick discretamente.

Luego pasó a describir el programa, el consejo que dio a ambos maridos y esposas, los niveles de disciplina y de cómo un período de sesiones fue desde el momento en que un cliente entró en la habitación hasta que ella dejó. ¿Cómo marido y mujer juntos elaboraron un conjunto de reglas para que ella seguir y cómo se podría llamar a Rick y le solicitarán que castigar a su esposa.

"Y en su caso, Kathy, le sugiero que también dan Cheryl el derecho de establecer una cita para usted."

Él miró a Kathy, que se había puesto pálido como un fantasma, y le dijo que lo que falta una sesión de castigo sería su costo. Él les mostró su habitación especial y abrió la hermosa armario para mostrar su las paletas, correas, cepillo para el cabello y la caña. Él les dijo que pensarlo, discutirlo, y les dio una cinta de vídeo para ver en casa.

"Esta cinta se da a cabo con la autorización plena de la mujer en la cinta y su esposo, es un castigo nivel bastante dura," Rick sonrió cálidamente. "Kathy, por favor, no dejes que te asusta. Ella había sido muy mal, lo sabía, y le pidió que fuera muy difícil. Lo único que entiendo es que Kathy no perseguir un mujer hasta le pegaba. Tienes que estar totalmente de acuerdo, a firmar el contrato y permanecer en el programa. Tom no puede firmar para arriba, usted tiene que estar de acuerdo. ¿Entiendes?"

"Pero, ¿quién estaría de acuerdo en algo como esto?" Kathy fue desconcertado.

"Alguien que sabía, muy adentro, que necesitaba el disciplina para aprender a dominarse, para ser dignos de su el amor del marido, y de hacerlo bien en todos los ámbitos, incluso su trabajo. Es que que, Kathy?"

Ella bajó la cabeza, y la palabra casi no pudieron salir. "Sí."

"Los dos lo piensan, hablan una y luego, cuando estás tanto listo entrar y firmar los contratos," dijo Rick. "No presión y no decisiones rápidas."

"Buenas noches," dijo al salir.

En el coche que hablaba un poco más. "Tom, ¿quieres que yo haga esto?" preguntó.

"Por supuesto que no. Pero creo que hay que hacer por ti mismo," le respondió con honestidad.

"Muy bien," susurró Kathy. "Podemos firmar los contratos mañana, pero no estoy deseando que llegue."

"Cariño, no creo que se supone que. Creo que la idea es tratar de evitar por ser buenos," dijo Tom con suavidad.

"Voy a intentar." Kathy sonaba sincero.

Kathy intentó, pero apenas una semana después de que terminó en la sala especial de Rick espera de él. Debido a que fue su primer momento en que fue una espera muy corta. En sólo unos minutos Rick vino pulg. Él habló con ella acerca de cómo había llegado tarde al trabajo otra tiempo. También le dijo que Tom estaba descontento con la última cuenta de la tarjeta de crédito. Entonces él le dijo que tendría un poco más tiempo en el rincón, esperando a que comience.

"Yo sólo planeaba usar mi mano y una paleta, pero su marido me autorizó a utilizar también la banda y el cepillo para el cabello si se portan mal," concluyó.

Ella se estremeció, pero se sentó en silencio.

"Ahora, cuando salgo de la habitación en la que baja las bragas a su las rodillas, levante su falda, y puso su nariz contra la pared de la derecha allí. A continuación, te quedes ahí parado con su nariz en el lugar en silencio hasta que yo vuelva. Cuando vuelvo podemos acabar con esto."

"Sí, Rick," tembló la voz de Kathy. "Estoy muy asustada porque es mi primera vez."

"Kathy, la miel," dijo Rick suavemente pero con firmeza.

Kathy lo miró. "¿Sí?"

"Usted será más miedo la próxima vez, te lo prometo." Izquierda Rick la habitación.

Al poco tiempo regresó Rick. Sacó la silla de respaldo recto a cabo en el centro de la habitación y se sentó en ella.

"Ven aquí Kathy-le ordenó. Ella se acercó más a él pero se mantenía fuera del alcance de la mano. "Closer."

Ella se movió lentamente más cerca. Él le cogió la mano y tiró de ella firmemente sobre sus rodillas. Bragas seguían abajo a su alrededor rodillas y tiró de la falda de su camino.

Sin una palabra más comenzó la paliza. No hubo caliente y no hay tregua. Fue un duro azote de largo y tenía apenas comenzó cuando Kathy se echó a llorar y chillar. Ella luchó para conseguir del regazo de Rick. La paliza continuó, bajando a la parte posterior de sus piernas y de nuevo a su parte inferior que ya estaba girando caliente y rojo. Por último le arrancó una cadena de maldiciones que haría enrojecer a un marinero.

"Ese tipo de lenguaje le hará ganar un extra de implementar," Rick dijo con firmeza. "¿Quieres una docena con la correa añadido el?"

-No, señor," dijo Kathy llorando, "lo siento."

"Y lo que debería ser." Él le enseño más difícil todavía.

Fue una lucha, pero se las arregló para mantenerse en toma de posesión de él por el resto de la paliza. Él la tregua.

"Ahora ve a la caja y obtener el remo, el cuero de un sin agujeros," ordenó.

A regañadientes, se cumplió, las lágrimas corrían libremente por sus cara.

"Mano a mí." Sostuvo la mano y se coloca la remar en la misma. "Ahora, de vuelta sobre mis rodillas."

Ella se movía lentamente, a regañadientes, pero lo hizo. Secretamente Rick orgulloso de ella pero no deje que se muestran. Él remaba con muy rápidos golpes duros, cada uno lo que le hizo chillar y mover.

Después de la quinta parte, dijo, "¡Ay! ¡Maldita sea!"

"Eso es todo, usted obtendrá una docena con la correa para eso," dijo en voz baja.

"Lo siento, Rick," murmuró.

"Sé que Kathy, pero que no es el punto, ¿verdad? El punto es que que aprendas a no entrar en una situación en la que hay que lo siento," le dijo enfáticamente. "Yo había planeado sólo para darle 10 con la pala, pero ahora, creo que vamos a ir a 15." Y los próximos diez fueron entregados de manera rápida y con una dureza que dejó a Kathy sin palabras, por suerte para ella.

Una vez más, le vamos para arriba. "Ponga esto en el armario y tráeme la correa de cuero, el de una sola pieza, no la división uno. Esa es una tawse, por cierto."

Lo hizo según las instrucciones, sabiendo que ella estaba en la misma. Ella se la entregó a él de mala gana tanto que incluso estuvo tentado de Rick sonrisa, pero permaneció impasible. "Ahora Kathy, inclinarse sobre el mesa de agarrar el otro lado y espera. Si se muda, empezamos más."

"En todas partes?" Abrió mucho los ojos.

"Desde el primer golpe de la correa," dijo, para aclarar la materia. "Ahora sólo voy a darle seis ya que es su por primera vez. Por lo general, por lo menos doce. Este debe tener menos de 30 segundos si aguanta, permanecer en la posición y no jurar. Usted puede hacer eso por mí, no puede, Kathy? Hay que recordar, que no se mostrará ningún tipo de misericordia. Si usted gana más golpes u otro poner en práctica, lo conseguirás. Usted es el único que puede hacer este fin castigo. ¿Entiendes?"

"... Yo voy a tratar," Kathy balbuceó.

Para el asombro de ambos, ella lo hizo. Rick le dijo a ponerse de pie y le acarició el hombro con suavidad. "Lo hiciste muy bien." Impersonal, le entregó una caja de pañuelos. "Ponga la ropa de nuevo y vaya de allí para lavarse la cara. Voy a tener una cinta de listas para que mostrar el resultado de Cheryl y Tom cuando esté listo para irse. Ahora me lo agradecerá para azotar usted."

"Gracias, Rick," susurró.

"No hay problema, Kathy, nos vemos pronto."

"Espero que no!"

"Todas las chicas dicen que," se rió. "Voy a conseguir un asentaderas complejo."

Kathy llevó de vuelta a su oficina y tímidamente se acercó a Cheryl puerta de la oficina. Ella golpeó suavemente y escuchó la llamada de Cheryl para ella para entrar "estoy de vuelta."

"¿Estás bien?" Preguntó Cheryl con preocupación. "Entra y vamos a hablar un minuto. Siéntate."

"Sí, estoy bien, pero me gustaría estar más bien," dijo Kathy con una sonrisa irónica.

"¡Siéntate!"

"Muy bien." Sáb Kathy cautela.

"Lo que implementa?" Cheryl preguntó.

"Mano, de pared y pulsera," contestó Kathy. Luego, sin pensando que ella le preguntó: "¿Cómo sabes?"

"Los implementos?" Sonrió y explicó Cheryl. "Soy un cliente. Mi esposo Gary le gusta pegarme, pero sólo por diversión. Él pensamiento con el castigo físico para disciplinar real tomaría la diversión de la misma, por lo que el uso de Rick de la disciplina real y todavía se divierten cuando jugamos. Se trabaja para nosotros. Vamos a ver la cinta."

Rubor, le entregó la cinta a su jefe. "¿Me quieres Deja al mismo tiempo lo ves?"

"No." Cheryl ya estaba empezando la cinta.

Cuando terminó Cheryl le dijo: "Mi última cita con Rick fue el día que te dio esa revisión temprana. Era mucho más más difícil de lo que tienes."

-Entonces, ¿cómo pudiste?" Kathy estalló en lágrimas. "Usted sabía cómo sería ..."

"Y yo sabía lo mucho que lo necesitaba. Sin la ayuda de Rick, Estoy tanto como tú, da miedo," le dijo Cheryl.

"Pero duele mucho!" Kathy sollozó.

"Y el punto es?" Cheryl preguntó en voz baja.

"No quiero volver allí nunca," se lamentaba Kathy.

"Esto se puede evitar siguiendo las reglas que señala y Tom," dijo Cheryl. "No hay trampa ahí. Rick que no al amor tengo que ver otra vez," hizo una pausa, "pero tarde o temprano, y los dos lo sabemos. Entre aquí y en el hogar, usted se portan mal."

"¿Y cómo lo sabe si Tom no me informe?" Kathy preguntó.

"Eso ni siquiera es una pregunta porque yo le informe. Para su propio bien," dijo Cheryl con una sonrisa.

"Caramba, gracias," dijo Kathy amargamente. Luego hizo una pausa y se reunieron a sí misma, "No, quiero decir eso. Me sorprende que decirlo, pero gracias, de verdad."

"No hay de qué." Cheryl caminó alrededor de la mesa y abrazó a la chica. "Así que, vaya que volver al trabajo. Y Kathy, puede presentar de pie." Ella le guiñó un ojo.

Kathy se dejó en el pequeño apartamento sólo para encontrar a Tom esperando por ella.

"¿Cómo estás amor?" Le preguntó suavemente.

"Estoy bien, con moretones, pero bien." Ella miró hacia él, "¿Te quiero ver la cinta?"

Se sentaron juntos y vieron la cinta. Kathy hizo una mueca y se encogió en varios puntos, pero el único lugar que realmente vergüenza ella era cuando ella juró a Rick. Tom se paralizado. Vio la mujer que amaba ser herido, pero sabía que ella También se está ayudado. Reconoció cuando Rick había disminuido hasta el ella, por su primera vez, y vio cómo reaccionó bastante Rick a su malas palabras y cuánta paciencia que dejó el desafío.

"Creo que hemos elegido al hombre adecuado para el trabajo," Tom comentó. "Era muy paciente para con nosotros, y lo tomé con calma en que cuando las cosas se pusieron muy doloroso."

"Eso fue fácil?" Kathy se sorprendió. "No da la gana!"

"No fue grave y estoy seguro de que era muy doloroso, pero que tenía de vuelta con los pocos pasado con la pala y también con la correa," que dijo ella. "Mira la cinta, se puede decir que él sabe cuando que has tenido suficiente."

"Veo lo que quieres decir," dijo Kathy lentamente. "¿Eso quiero decir puede confiar en él no tomar las cosas demasiado lejos?"

"Esto significa dos cosas: Usted puede confiar en él no tomar las cosas demasiado ahora, y la próxima vez será más difícil, mucho más difícil."

"No estoy deseando que llegue," admitió.

"No es como está programado," señaló Tom cabo. "Todo lo que tienes que hacer es seguir las reglas, y usted no tiene que volver. Nunca."

"¿Cuáles son las probabilidades de que?" Kathy se echó a reír.

"Tengo el próximo martes en la apuesta con Cheryl. -Sonrió a ella.

"Dile a Cheryl que tengo mi dinero en su regreso antes de que hacer," le dijo maliciosamente.

"Buen plan." Tom cogió la mano: "Vamos a ir a la cama."

"No tengo sueño."

"Ni soy yo."

Hicieron el amor con una ternura y una pasión que sorprendió dos de ellos, hasta bien entrada la noche. Kathy era casi tarde al trabajo Al día siguiente, pero ella lo hizo a tiempo.

Al final, la "apuesta" entre Cheryl y Kathy fue un empate, pero esa es otra historia.

Es curioso, cómo una mujer puede saber exactamente lo que se necesitaría para otra mujer para alcanzar su pleno potencial como mujer. ¿Es mayor amistad para asegurarse de que recibe o para que su escudo de los resultados de sus propias acciones?

Cinco

Tiernamente haciendo el amor

De mutuo acuerdo azotes en la intimidad de su (my!) propios casa. ¿Suena aburrido? Muy difícil! Con la persona adecuada puede ser emocionante y romántico! Por supuesto, con la persona adecuada casi cualquier cosa puede ser emocionante y romántica.

Wendy y Dick había sido sólo a salir con un tiempo muy corto. Su relación era todavía muy nuevo, tan nuevo que no había hecho aún amo todavía. Los dos querían, pero Wendy decía que ella no estaba dispuesto a hacer el amor, no por ahora.

Dick respetada que, después de todo lo que quería salir con alguien con la moral y la ética. Era un hombre bueno y decente a sí mismo. Él También fue impaciente, pero lo suficientemente sabios como para mantener a sí mismo. Exteriormente era paciente con urgencia lo suficiente como para añadir un poco de picante a la relación.

Wendy dijo a Dick que no entendemos para qué fue la celebración espalda. Es cierto que ella fue criada con un bastante buen religioso de fondo, pero había caído en el hábito de ir a Iglesia. Ella tenía su propia versión de la moral y la ética, sin embargo, y en que no se ha apartado demasiado de la forma en que se planteó. Ella simplemente cree, el fondo de su corazón, que ella sabría cuando el tiempo estaba en lo cierto.

Por su parte, Dick era un hombre decente que respeta sus sentimientos. Quería hacer el amor con ella, pero evitó recurrir a la seducción y persuasión, tan duro como que era para él. Él prefirió dejar Wendy llegado a la decisión por su cuenta. Que no lo deje de pedir, era humano después de todo.

Él aceptó su negativa cortés con dignidad básica, por lo menos hacia el exterior. En secreto saboreó su comprensión de que los rechazos fueron, obviamente, cada vez más difícil para Wendy. La abnegación estaba costando Wendy más y más a medida que pasaba el tiempo.

Sabía instintivamente que lo que crecía entre él y Wendy sería especial y de larga duración. Se le daba miedo, sólo un poco, ya que no estaba dispuesto a encontrar el amor de su vida. Él no estaba preparado de un gran compromiso. La idea del matrimonio le dio el frío sacude. Pero él espera que Wendy teniendo en su vida, y los batidos de frío se está calentando. Pensamientos de compromiso se convirtió en menos atemorizante. Por último, admitió que mismo que haría cualquier cosa por tener en su vida.

Se habían conocido en la fiesta de un amigo, y pasó la mayor parte de la noche fuera de evitar a la multitud en la sala de estar pequeña. Se sentaron en sillas del patio, cada uno con un vaso de vino, y hablaron durante horas. Cuando Dick preguntó Wendy para una fecha a la noche siguiente, que era el comienzo de un maratón de citas.

En el corto tiempo transcurrido desde ese partido, que había salido en un montón de fechas. Las fechas que por lo general terminaba en el sofá, con los dos ellos participan en algunas cerraduras labios más apasionado.

Ellos habían salido a cenar muchas veces, y jugó los pies juegos por debajo de la mesa, mientras miraba con nostalgia el uno al otro. Ellos también había visto algunas películas y se perdió la mitad de la acción, porque eran caricias en la oscuridad. Habían ido a bailar y hacer algunos muy cerca, el baile muy lento, incluso cuando la música se rápido. Habían ido a un picnic en la playa y pasó la mayor parte de el tiempo envuelto en su manta de playa. Wendy había fijado aún Dick una cena de lujo en su apartamento, pero que la cena de quemar que se hizo en el sofá.

Es cierto que existen algunas llamas calientes, salvaje y apasionado estricción sesiones que se detuvo justo antes del sexo. Demasiado corto. Ellos no había tenido relaciones sexuales de cualquier tipo, incluso por vía oral. Que no habían utilizado sus manos para traer uno al otro hasta el orgasmo. De hecho, hasta ahora, todos sus la ropa se había mantenido en su lugar.

Dick estaba dispuesto a esperar a que el sexo porque había un sentimiento que lo que se estaba creando entre los dos se iba a ser algo muy especial, algo que bien vale la pena esperar el. No fue una racha de otra emoción en la pasión reprimida, algo infinitamente más tierno y duradero, que hizo que la espera vale la pena.

Él era, por supuesto, cada vez más y más impacientes. Él fue mucho menos dispuestos a esperar, y mucho más ardiente de lo que había hemos estado en el inicio de su pasión, pero todavía no consumado relación.

En el cumpleaños de Wendy, su vigésimo cuarto, Dick sacó de una gran cena en un restaurante muy caro. Después de su comida, fueron a una discoteca que aparece la música de los años cuarenta y cincuenta para el salón de baile. Él prefería bailar con Wendy a la música que le permitió tenerla en sus brazos. Él encantó la sensación de su cuerpo delgado cerca de su forma de ajuste, duro. También le gustaba la ropa que llevaba cuando fuimos a bailar a la música más lenta. Ella siempre llevaba algo que fluye, femenino y suave.

Para su cumpleaños, ella llevaba un vestido con una falda, sino que se hecho de una tela suave, brillante, que parecía casi vivo, ya que se arremolinaba alrededor de sus rodillas. Fue un polvo azul que malla perfectamente con el proyecto original de flores de la blusa un poco escotada. El efecto total era establecer realmente fuera de sus ojos azules. Con su pelo rubio largo, suave y recto parecía Alicia en el país País de las Maravillas pero Alice crecido, en silencio seductor, sin embargo, de alguna manera todavía suave e inocente.

Antes de la cena que le había dado una muy hermosa, delicada y pulsera de oro caros que de inmediato puso y juró nunca a despegar. Cuando finalmente la llevó a casa después de la cena y el baile, que quería darle una cosa más. Se preguntó cómo iba a reaccionar a la sorpresa final.

Se puso de pie frente a ella justo en su puerta. Tenía las manos descansando en el hombro, pero poco a poco comenzaron a desplazarse por sus espalda.

"Wendy," empezó diciendo, que suena casi nervioso. Sus manos habían desviado hacia abajo tanto como su firma, de fondo redondo, y descansó allí acariciando suavemente. "No es otra cosa que quiero hacer por su cumpleaños. Es una especie de tradición para celebrar cumpleaños."

Plantó licitación besos por toda la cara como una de sus manos golpeó el trasero casi con ternura.

"Sí, Dick," ella dijo en voz baja, mirando a los ojos marrones cálidos y la sensación de que, por fin, había llegado el momento.

Imaginen su sorpresa y shock cuando se sentó en el sofá y se encontró que pasa sobre sus rodillas con su total, falda de remolino lanzó a lo largo de su espalda. Obtuvo el primer cumpleaños azotes de su derecho de vida en las bragas de encaje de color rosa! Fue la primera azote de ningún tipo en su vida! Smack!

Por desgracia para Wendy, que no era un blando, falsos, juguetón nalgadas, azotes como la mayoría de cumpleaños. No era especialmente duro, pero era real y que realmente dolía. El SWAT pasado, el que crecer en, fue incluso un poco más duro que todos los demás! Que uno muy picado! Incluso por encima de su ropa interior que hizo un sonoro crack! Cuando Dick había terminado, él la tregua.

Ella se levantó de un salto y se puso delante de él sin aliento indignado, sus mejillas de color rosa brillante y amplia sus ojos azules. Ella no podría empezar a darse cuenta de lo hermosa que estaba.

"¿Cómo pudiste hacer eso?" Que prácticamente gritaba, con una mano frotar su espalda.

"¡Hey! Le pregunté primero, y me dijo que podía! ¿Qué quiere decir, cómo iba a hacerlo?" protestó Dick. Completamente desconcertado, le pasó la mano por el cabello castaño ondulado. "Fue un cumpleaños poco nalgadas!"

"Yo no he dicho que sí a una paliza. ¿Quién?" Protestó farfulla. "Nosotros no hacemos palizas de cumpleaños en mi familia! En hecho, nadie jamás me ha perdido."

-Entonces, ¿qué crees que se lo preguntas?" Era completamente perplejo. "Si no se acepta un regalo de cumpleaños nalgadas a continuación, ¿qué fue eso-Sí, Dick 'todo esto?"

"La pregunta que siempre me preguntan, estúpido. Me estaba diciendo que sí. I quiero ir a la cama con usted!" Ella se enoja. De hecho, ella fue prácticamente gritando a él por ahora. Hizo una pausa y tomó un profundo, respiración lenta antes de continuar con más calma, "Decidí que yo soy listo para que hagamos el amor. ¿Cómo iba yo a saber que había otra cosa en su mente? Usted nunca está seguro que antes."

"¿Cómo puedes perder? Es tu cumpleaños, yo tenía mis manos todos los en su parte inferior, e incluso le dio una palmadita!" Era poniendo un poco frustrado y su voz estaba un poco más fuerte como trató de explicar y salvar la situación. "Y es una tradición. ¿Cómo puedes tener un feliz cumpleaños sin nalgadas cumpleaños?"

"Nosotros no hacemos palizas de cumpleaños en mi familia."

"Oh." Su corazón parecía a hundirse hasta los pies, lo que fue lo que que había esperado, su gran oportunidad. Si hubiera volado él? Sintió miedo y muy, muy tonto. "Así que estaba pensando en ese otro que se trate. El que yo siempre te pida."

"Sí, tonto, ya he dicho eso," dijo sondeo de hielo. "¿Qué Le dije que sí a la era del sexo, no una paliza."

"La cuestión de sexo ... Bueno ..." Se esforzó por recuperar algo de el terreno que había perdido. "No era como que estaban siendo forzados que tomar una decisión, ya sea una o la otra. O bien se obtiene una nalgadas cumpleaños o hacemos el amor salvaje apasionado durante toda la noche. Todavía se puede decir que sí a ambas cosas." Él la miró y dijo esperar sinceramente, "Estoy de acuerdo en que estamos listos para el siguiente paso. Yo más que están de acuerdo. He estado yendo loco esperando por nosotros para hacer el amor. I Sabemos que sería algo más que sexo entre nosotros." Él sacó hacia abajo sobre su regazo, abrazó y la besó con ternura el cuello. "Quiero darle mi amor y mi pasión. Ya te dio los azotes, no puedo tomar de nuevo. ¿Por qué no te doy las dos cosas? Las nalgadas y mi amor, quiero decir." Él la tomó en sus brazos para una larga y dura un beso.

Sólo tomó un instante para Wendy para responder. Se vierte todo sus sentimientos en el beso. Metió su lengua profundamente en su boca en un duelo amable y todavía con su frenética. Sus manos enredada en el pelo como ella movió en su regazo. Ella se retiró, su pechos subiendo y bajando con cada respiración mientras miraba profundamente a los ojos.

No se confía a hablar, ella extendió la mano y la cremallera de la volar en los pantalones de Dick. Parecía ser una respuesta lo suficientemente clara para él. Se puso de pie y la levantó y la llevó a la dormitorio. Él la colocó suavemente sobre la cama.

Ella estaba allí y miró con timidez a Dick. "Sé que hecho esperar mucho tiempo para esto, quiero decir, para nosotros hacer el amor. Ya que la mayoría de la gente espera en estos días. Hay una razón que quería ir tan lento." Hizo una pausa para tragar varias veces antes de continuar: "Es porque usted ve, yo sé que no eh, la de moda, pero yo soy virgen."

De alguna manera, Dick no se sorprendió, aunque sabía muy pocos las mujeres mantienen su virginidad hasta que fueron veinticuatro.

"¿Está seguro que desea hacer el amor conmigo? ¿Estás seguro de usted está realmente listo? Recuerde, usted todavía tiene una opción," Dick preguntó suavemente, con preocupación, en medio de la plantación todos los besos suaves en su rostro. De repente se echó a reír, "Pero, por favor, por favor, no cambiar de opinión. Por favor, decir que sí."

-Sí. Estoy seguro, muy seguro. Te quiero tanto tanto." Ella respondió a sus besos y comenzó a trabajar abrir los botones su camisa. "Es extraño, siento que no tengo otra opción, pero no porque usted me está presionando. El hecho de que si no hago el amor que en este momento, creo que voy a morir. Es sólo una cosa buena que no estamos todavía en público, porque probablemente haría algo que tendría a los dos detenidos."

"Gracias a Dios! Te quiero demasiado," logró decir entre besos en su garganta.

"¿Qué?" Ella estaba tan aturdido que no estaba segura de que estaba siguiendo la conversación.

"No quiero decir que quiero que hagas algo en público y hacer que nos arrestado. Quiero decir que realmente desea, en cualquier momento y en cualquier lugar," que administrado antes de poner la boca para un uso mucho mejor.

Él le dio la vuelta. Entonces, detrás de besos a lo largo de su cuello blando, que le abría el vestido. Empujó el material suave, sedoso abajo sus hombros, a raíz de la tela con la boca. Se desabrochó el sujetador y ella se deslizó fuera. Ella se volvió hacia él de nuevo, tirando de la camisa abierta dejando al descubierto su pecho, y empezó a a besar y chupar suavemente, casi con timidez, en sus pezones. El vestido cayó en un aterrizaje suave remolino alrededor de sus pies. Ella sólo tenía su encaje ropa interior de color rosa y medias de seda en.

Tiró de la colcha hacia abajo y se volvió hacia las mantas. Ella se quitó medias, a continuación, se quitó las bragas. Él caminaba detrás de ella y la besó a la derecha en la casi rosa manchas que había hecho en su parte inferior delgado. Ella se sonrojó, saboreando la sensación extraña de su boca sobre sus nalgas, a continuación, se sentó en el borde de la cama y lo observó. Él terminó quitándose la camisa y los pantalones y llegó a estar delante de ella.

Ella extendió la mano y lentamente bajó la ropa interior, cuidadosamente maniobrar el material por encima de su virilidad erguida. Miró su pene completamente erecto y sonrió, moviéndose en la cama y que alcanza hasta para él.

Él subió a la cama con ella y la tomó en sus armas. Ir despacio y con toda su paciencia, que despertó su por completo. Él utilizó su boca y las manos sobre cada centímetro de su hermoso cuerpo. Le acarició los pechos y amamantado durante mucho tiempo. Él utilizó una mano para burlarse suavemente la maraña de rizos en el ápice de sus muslos, y luego con esa misma mano comenzó lentamente y suavemente acariciando aún más íntimamente, encontrar el nudo que se la esencia misma de su excitación. Vio su cara mientras él construyó la el ritmo y la presión de sus movimientos hasta un ritmo febril rápido que la envió por encima del borde.

Ella gritó con la fuerza de su orgasmo real en primer lugar. Luego se se recostó en la cama mirando aturdido y temblando ligeramente. Él Nunca dejó de jugar con su hermoso cuerpo. Él sólo disminuyó hasta besos suaves y acariciando su rostro y el cuello. Tan pronto como ella deriva a la realidad, empezó a despertar a su punto de inflamación una vez más. Esta vez fue aún más fácil para él, ella era tan responde que él ya sabía que sus zonas más sensibles, su los puntos fuertes de placer.

"Dick, quiero placer, también. ¿Qué puedo hacer?" Le preguntó, gimiendo en voz baja. "Siento que estoy teniendo de esta manera."

"Déjame hacer todas las cosas buenas por ahora. Usted está placer mí por dejarme cuidar de ti." Besó con ternura: "Este es sólo la primera vez, la próxima vez que tome la iniciativa y explorar si que desee. Puede trazar los puntos para mí un placer y qué Que más me gusta, ¿de acuerdo?"

Él arrastró boca abajo de su cuerpo, besando su ombligo, y se trasladó más bajo. Él llevó a su boca abajo en su cálido y húmedo, coño y el uso de la lengua y los dientes que la llevó a la cima una vez más. Envió de nuevo su vuelo hacia el espacio, gritando y temblando con la fuerza de otro orgasmo salvaje.

Él abrazó y le acarició de nuevo, volviendo al principio, la construcción de su paso a paso placer. Ella estaba más que listo cuando poco a poco y con gran delicadeza la penetró, que se extiende coño virgen, y lagrimeo su himen. Se sentía el dolor, pero era insignificante en comparación con el placer.

Hizo una pausa, dejando que se acostumbre a la sensación de tenerlo dentro de ella, y comenzó a moverse suavemente al principio y luego gradualmente a una febriles. Disminuyó la velocidad justo antes de llegar a su orgasmos, prolongar el placer. Una y otra vez, él lo tomó casi hasta el borde y luego se retiraron antes de que finalmente los llevó sobre la cumbre en un crescendo girando, haciendo añicos.

Tomando el sol en el resplandor, Dick fue abrumado con su sentimientos de ternura para Wendy.

"¿Te he hecho daño, cariño?" Preguntó. "Fue todo bien?"

"¿Qué parte, que las nalgadas duro o el sexo?" Ella le dio un mirada de soslayo, llena de picardía.

"Eso no fue un duro azote, a un fondo poco de amor más caliente. Me refiero al sexo, ¿es bueno?" Le dio un beso en su frente.

"¿Todo bien?" Le dio un beso en la barbilla.

"Por lo menos mejor que lavar los platos?" Le dio un beso en el pecho.

"El sexo fue genial! ¡Fantástico! Vale la pena esperar!" Ella puntuado sus exclamaciones de besos en el pecho, cada uno mover un poco más bajo. "Demasiado bueno para nosotros que esperar mucho tiempo antes de lo hacemos de nuevo."

"Me sorprendió que fuera una virgen." Hizo una pausa, mirando el progreso de su boca mientras ella trabajaba su camino por su cuerpo. "¿Sería demasiado estúpido para mí para preguntar por qué ahora? ¿Por qué yo?" El Era curioso.

"Porque Te amo y me sentí bien." Ella se aseguró totalmente y confianza en su amor. Ella sonrió suavemente a él, "Es como simple como eso."

"Bien. Esa es la mejor razón porque Te amo demasiado," dijo, con una sola mano para levantar la cara para poder mirar directamente a su los ojos.

Ella lo miró durante un largo rato, luego de su reunión valor bajó su boca a su cuerpo otra vez, la succión del pezón su antes de trasladarse hasta el ombligo. Ella movió su boca hacia abajo aún más bajo.

Él se pasó los dedos por el pelo mientras tomaba su polla grande en la boca. Era la primera vez que jamás lo ha hecho. Ella era un poco provisional y torpe, pero también era suave y amorosa. Su inocencia muy excitado él aún más. Cerró los ojos y saboreó la sensación pura que ella le hacía sentir. Después de un rato él le tiró suavemente y levantó a horcajadas sobre su cuerpo y comenzó a hacer el amor caliente, dulce otra vez.

La relación tuvo una vida completamente nueva a partir de ese momento. Pronto, Wendy renunció a su apartamento y se mudó con Dick. Ella siempre había creído que ella no viviría con un hombre hasta que estaba casado, pero de alguna manera me pareció correcto.

Su vida social también ha cambiado. Amigos rara vez los vi, y Nunca los vi aparte. Cenas más cortas, y ahora siempre saltado el postre. Se empezó a ir sólo a los restaurantes que se cerca de casa. Películas eran mucho menos frecuentes y por lo general salió, de la mano, en algún lugar en el centro. Bailando se eliminó casi por completo, rara vez se quedó en un club nocturno durante más de dos canciones! Y, después de aquella noche memorable, el día de campo único que pasó fue interrumpida bruscamente por una muy sin sonreír policía en una muy tierna, privado y vergonzoso momento. Pero el sexo era terrible! ¡Fantástico!

Wendy resultó ser un apasionado, dar y amante imaginativo que nunca se cansaba. Fue grandioso estar alrededor de la cama también, con una naturaleza cálida y generosa y un fuerte sentido de humor.

No es que las cosas eran perfectas. Tuvieron sus momentos difíciles. Ninguno de ellos fue especialmente ordenado, pero se las arreglaron para mantener el apartamento habitable. Se turnaban con la mayoría de los hogares tareas, pero Wendy generalmente cocidos. Ellos discutían sobre qué ver en la televisión. Dick preferido salir y hacer deporte. La único deporte que se ven en la televisión fue de golf.

Wendy jugaba al golf, pero nunca lo vi en la televisión. En su lugar, Wendy puede acurrucarse y ver todos los partidos de fútbol que podía encontrar, y un montón de béisbol, el hockey y el baloncesto también. Leyó romances y misterios que hielan la sangre. Dick leer el Muro Street Journal, a pesar de que también había leído algunos de Wendy's misterios, e incluso en secreto leer algunos de los romances. Él fue sorprendido por las escenas de amor. ¿Qué tan intenso y explícito que eran. Este fue soft-core porno, o maldita cerca de ella.

Dick se redujo aún más enamorado de Wendy todos los días. Mostró ella todos los trucos sexuales que conocía, y juntos se encuentran algunos otras nuevas. Hicieron el amor por toda la casa, desde la cocina se hunden hasta la parte superior de la secadora de ropa mientras se estaba ejecutando. En realidad, vibrado, pero no tanto como la lavadora cuando estaba en el ciclo de centrifugado final! Ahora que estaba loco y salvaje. Cada centímetro de piso, cada sofá silla, mesa y ahora en manos de recuerdos sensuales ellos.

Una noche que estaban hablando de eso, sus derechos sexuales la experimentación, cuando Wendy perezosamente preguntó: "Entonces, lo que no tenemos probado?"

Dick miró a los ojos, "No puedo pensar en varias cosas no todas, de la que yo quiero hacer."

"Vamos a escuchar lo que podemos hablar de ello." Ella siempre estaba listo para nuevas ideas.

"En primer lugar, tríos o sexo en grupo," dijo, y puso su boca contra su pecho.

"Awww, ahhh, ugh! ¡Qué asco! No es eso! Yo sólo te quiero," que gimió mientras amamanta.

"Bueno, yo lo odio. No quiero compartir una parte de ustedes." El pasó a la otra mama, hizo una pausa y luego dijo con una sonrisa: "Yo algunos amigos que me dijeron que use un hombre inflable o la mujer como un socio extra sexual para juegos de rol, pretender que están en un trío. Personalmente, creo que suena demasiado tonto ser realmente divertido."

"Suena raro para mí. Hablaremos de ello más tarde, ya que puede ser una locura, pero podría ser divertido algún día. Probablemente me reía yo enfermo, pero por lo menos no tendría demasiado celoso." Ella miró con recelo y le preguntó: "¿Qué amigo te dijo eso? Eh! Y dicen que todos los las mujeres alardear sobre el sexo. ¿Qué será lo próximo?"

"Sodomía En segundo lugar." Él movió su boca hasta su abdomen.

"Usted me conoce, porque voy a intentar cualquier cosa," se quejó ella-. "¿Qué más?"

Levantó un poco la boca, "Podríamos intentar nalgadas sexual, tal vez incluso algunos BDSM, aunque no estoy muy metido en BDSM."

"Lo hicimos!" Wendy protestó débilmente. "La parte nalgadas!"

"No, eso fue una paliza de cumpleaños. Totalmente diferente. Pero lo hizo herido o que a su vez en? ¿Le ha gustado?" Dick movió su lengua en su ombligo.

"En realidad, sorta hizo." Ella pasó sus dedos por el pelo. "Yo tenía miedo de decirlo, ya que podría intentarlo de nuevo, más difícil. Pero, ¿cómo es totalmente diferente? Quiero decir, que aún utilizan la mano de mi golpe de fondo y me haces el dolor."

"Wendy, cariño, el punto de azotar sexual es no causar a nadie el dolor real. Es de hacer cosas interesantes y un poco Kinky entre dos personas. Seguro que no sería interesante si el nalgadas era demasiado duro para conseguir la palmada para disfrutarlo." Dick dedos estaban en el cabello suave en el ápice de sus muslos. "Y para que conste, no siempre tendría que ser el culo. Es podría ser el mío."

"¿Por qué no es lo que realmente cree eso?" Se quejó en voz baja. "Así que quiero que me nalgadas?"

Ella todavía no estaba seguro, pero ella estaba encendida. Ella no fue del todo seguro de si era la idea totalmente escandalosa o su disponibilidad los dedos y la boca caliente que le despertó.

"Sólo si usted lo desea también." Seguido su boca los dedos y que se encuentran un objetivo licitación, el calor húmedo dulce de su sexo.

-Yo sí-respondió ella, con el último de sus palabras coherentes antes de que sus gemidos se hizo cargo.

Dick se echó a la boca. "Recuerde que la frase de mi amor porque la última cosa que no he probado es el matrimonio."

"¿Quieres casarte conmigo?" Le preguntó, asombrado. Todo lo que se realmente tratando de hacer era lo que estaba diciendo en su recta cerebro asustado.

"Encantado de que usted haga, acepto!" En el futuro, que había siempre digo que la había engañado para que haga la propuesta.

Él la besó y, de repente, incluso mientras se besaban, ambos fueron riendo.

Wendy se quedó atónito, era increíble! Maravilloso! ¡Fantástico! Demasiado bueno para ser verdad!

Logró una palabra, "¿Cuándo?"

"Estoy abierto a cualquier cosa, desde un asunto de lujo, formal hasta conducir a Las Vegas esta noche y la búsqueda de una capilla para bodas pegajosa," le dijo. "En la medida que sea pronto!"

"Las Vegas suena bien para mí. Vamos a ir ahora!" Ella saltó hasta de la cama, sacó un vestido por la cabeza, sin sujetador, sin ropa interior y sin medias. Ella sacó su bolsa de viaje y sólo poner en el cepillo de dientes, un traje de baño y una bata. "Bueno, estoy embalado, lo que explotación que pasa?"

"Pensé que podía hacerse cargo de esta primera." Él hizo un gesto a su erección, riendo.

"Oh, bueno, si a pesar de todo insisten," ella sonrió maliciosamente. "Como siempre y cuando usted no está tratando de detener o retroceder."

Se puso su vestido y se sentó a horcajadas él, montado en su polla como un experto.

Cuando los dos estaban sudando caliente, y jadeando miró él casi con timidez, "¿Usted quiere decir? ¿En serio?"

"Sí, el paquete de un par de cosas más y llame a su jefe en el hogar. Pruebe de obtener al menos una semana de descanso y voy a llamar a mi secretaria y hacer arreglos para estar fuera también." Dick tuvo su propia firma de contabilidad. "Después de que estamos casado podemos quedarnos en Las Vegas, o conducir de vuelta a mi cabaña en Big Bear. Podemos ir tan pronto como estamos embalados y nos hemos hecho nuestra llamadas. Pero primero voy a tomar una ducha larga y caliente."

Con el tiempo llegó a Las Vegas y que se encuentran la mencionada capilla de la boda de mal gusto. En una ceremonia marcada por una grabación áspera de la marcha nupcial y las flores artificiales, con un ministro vestidos como Elvis, se convirtieron en marido y mujer. La ceremonia fue llamativa y ridículo. A quién le importaba? Fue perfecta.

Posteriormente se dirigieron de nuevo a la cabina de Dick en Big Bear Montaña. Dick le llevó a cruzar el umbral, en el dormitorio de su caída en la cama king-size.

Metió la mano bajo su falda y se bajó la ropa interior diciendo: "Bueno, mujer, quiero que recuerden que va a usar los pantalones en esta familia."

Rodando sobre ella, sacó el vestido y metió la mano en el cajón al lado de la cama. Sacó un frasco de gel lubricante y extendió por todo el culo. Él le dio una paliza fuerte, más duro y mucho más tiempo que los azotes de cumpleaños había sido. Cada voz alta golpe de aterrizaje fuertemente en el culo bonito, causando las nalgas a se agitan como se puso rojo y se convirtió en caliente.

"Por lo tanto," dijo cuando se detuvo, "¿qué dices a eso?"

Se puso de pie junto a la cama y agarró las caderas, levantando en brazos en sus manos y rodillas.

"¡Ay?" Respondió ella con una sonrisa.

Usando el mismo frasco de gel lubricante que suavemente lubricada su ano, trabajando uno y luego dos dedos dentro y fuera. Como ella relajado, que finalmente lograron insertar un tercer dedo.

"Ahora es el momento de tomar su virginidad pasado," dijo, deslizando su a Al final de la cama y de pie detrás de ella.

Él lubricado su pene grande, y el uso de una gran cantidad de paciencia y la dulzura se deslizó en su ano. Él tomó las cosas con calma y fácil hasta se relajó y comenzó a gemir con la excitación, y luego comenzó a carrera hacia un clímax apasionado. Por un largo rato los dos parecía a punto a punto antes de que se estrelló en una bañera de hidromasaje de la sensación. Él subió a la cama junto a ella y la mantuvo en sus brazos, acunando suavemente. Ellos comenzaron a relajarse, hablar en voz baja acerca de su nueva vida juntos como marido y mujer.

Se levantó de la cama, por último desvestirse, y entró en la ducha donde pasó la mayor parte del tiempo enjabonado y despertar entre sí. Cuando salieron de la ducha Dick secó suavemente con la textura áspera de la toalla para despertar su aún más, nunca se seca por completo, incluso antes de que regresó a la cama.

Tan pronto como se puso en la cama llegó para él. "Ahora uso la polla que me libra en el colchón!"

Hicieron el amor furioso duro. Hubo una nueva ventaja para ella, sino que alcanzó un máximo que nunca había alcanzado antes. Cuando todo terminó ella estaba temblando y sin aliento.

Cuando se recuperó lo suficiente como para hablar, levantó la mirada hacia él, "me pensamiento una luna de miel era el momento de hacer el amor tierno."

"Bueno, estamos seguros de hacer el amor y yo apuesto a que tu culo es sensible, por lo que Supongo que tienes razón." Él le dio una mirada larga y amorosa, fue, "Está bien? ¿He hecho daño?"

"Los azotes, la sodomía o el sexo? ¿Quieres la verdad? I amaba a todos!" Ella rodó sobre su costado y se frotó todavía culo caliente. "¿Puedo devolver el favor en algún momento? La paliza Quiero decir."

De repente salió de la cama. Ella se sentó y lo observó, admirando su cuerpo desnudo mientras deambulaba por la cabina pequeña. Se preguntó qué estaba haciendo. Finalmente salió, todavía desnudo.

Cuando entró llevaba un trozo de manguera de goma sobre un pie de largo. Se lo dio a ella, y luego se acostó en su estómago con la cabeza en sus manos. Inmediatamente, sin ninguna vacilación, se levantó de la cama y le dio una paliza bastante severa, detener de inmediato tan pronto como él dijo, "¡Basta!"

Tenía una erección de los azotes, ella echó un vistazo a lo y dijo: "No perdamos eso!"

"¡Desde luego que no, pero recuerda," mientras se deslizaba en su suavidad, "Siempre hay lugar para otro!"

"Señor, eso espero!" Ella echó la cabeza hacia su pecho, sonriendo y suspirando en voz baja mientras se empezaron a burlarse del pezón. "Yo espero que se sienten así cuando estamos noventa."

"No quiero sentirme así cuando estoy noventa." Protestó Dick.

"¿Por qué no? Todo está muy bien," parecía que a él, de repente incierto, "¿no?"

-No, hay algo que falta," dijo en serio. "Necesito otra cosa, algo más de la vida que esto."

"¿Qué más puede usted posiblemente quieres?" -Preguntó ella, sintiéndose un poco daño. "Los niños?"

"Ahora no, pero pronto." Besó. "Eso no es lo que quería decir."

"Entonces, ¿qué?" Ella estaba totalmente desconcertado.

"La comida!" Dick se echó a reír. "Me muero de hambre."

Wendy se rió de nuevo, "Al igual que un hombre. Una vez que un matrimonio que resulta ser todo el estómago y no la acción." Después de que el insulto, esas fueron las últimas palabras que habló por un tiempo muy largo. De Por supuesto Dick no tuvo su cena por un tiempo muy largo tampoco. Él no le importaba.

¿No es gran amor? ¿No es una gran paliza? Yo estaba aclarando mis sentimientos anoche después de atar a mí mismo y esperando a mi amante. ¿Me gusta? Hoy me encontré a mí mismo tratando de encontrar una tabla mejor agacharse y una cuerda suave. Me tiene que gustar!

Seis

Mi Butt pertenece a papá

El amor de un padre puede ser intenso, por lo que puede la ira de un padre. ¿Qué que hacer cuando se ha ido silvestres? ¿Cuál es tu mayor miedo? O tal vez Me pregunto: ¿Quién es tu mayor miedo?

Fue una pesadilla! Matt no podía creer los cambios que veía en su hija de quince años de edad, Sally. Había sido un año terrible para ambos, padre e hija. esposa de Matt había muerto en un terrible accidente de coche y escapar de su dolor intenso, que había cerrado fuera de sus emociones. Se convirtió en frío y sin sentimientos, y enterrado sí mismo en su trabajo. Como su conmoción y el dolor desapareció, poco a poco comenzaron a llegar a un acuerdo con su pérdida. Finalmente se dio cuenta de cómo mal que había fracasado, y lo mucho que su hija lo necesitaba. Es era una verdad amarga para él que admitir, incluso a sí mismo, que se descuidar a su hija adolescente.

Eventualmente, a medida que comenzaron a sanar y tire lentamente a sí mismo de las profundidades de su desesperación, se dio cuenta que su hija lo necesitaba, su ayuda, su amor y apoyo. Después de todo, había sufrido una pérdida terrible también. Ella había perdido a su madre! Por esta materia, Matt admitió con tristeza a sí mismo, que bien podría haber perdió a su padre. Había pasado tanto tiempo extra en el trabajo que parecía que nunca estaba en casa. Se avergonzaba de que había ignoró. Ella estaba en una etapa delicada de la vida de una niña y tenía que sufrido una pérdida tremenda. Matt hizo una resolución para el mismo que iba a ser un mejor padre. Él dejar de esconderse a sí mismo en su trabajo y en lugar de superar su dolor, ayudando a su hija frente a ella.

Matt sabía que la chica tenía problemas, la mayoría de los cuales se atribuye a su dolor. Sus calificaciones fueron resbalones. Ella le estaba mintiendo a todos el tiempo de cualquier cosa. Ella tenía un rebelde actitud. Ella llevaba ropa ajustada y las faldas cortas. Ella utiliza también mucho maquillaje y su pelo largo y rubio parecía salvaje y descuidado. Últimamente ella siempre tenía una expresión sombría retorciéndose cara bonita, con desafío en sus ojos marrones. Había encontrado cigarrillos en su habitación cuando estaba poniendo la ropa de distancia. Matt estaba seguro de que era un niño involucrado, y fue probablemente una hijo mayor.

Decidió pasar algún tiempo extra en casa dando Sally más de su tiempo y más de su amor. Se las arregló para tener una semana de descanso trabajar en el viernes antes de las vacaciones de primavera. Tal vez un viaje a la cabina les daría la oportunidad de relajarse y hablar, sino que podría comenzar a cerrar la brecha entre ellos. Él se llevó la sorpresa de su la vida de la noche cuando llegó a casa del trabajo de tres horas de la madrugada. Sally estaba en casa y también lo era su novio.

Sus peores temores se confirmaron en un instante. Ella estaba dejando su novio seducirla, no sólo en el sexo, sino también en todos los peores vicios adolescentes. Cuando entró en la casa que se encuentran latas de cerveza en la sala de estar. Las latas que no había estado allí cuando se fue! No era el olor característico de la marihuana en el aire, y lo peor de todo lo que oyó la risa de cuarto arriba de Sally. Hombre risa.

Subió corriendo las escaleras y en el cuarto de Sally, sin molestarse en llamar. Ha recibido el susto de su vida. Su dulce, niño inocente, estaba en la cama con su último novio. El tipo parecía ser varios años mayor que Sally. Ambos se levantó, horrorizado por la intrusión abrupta.

Sally gritó, "¡Papá!"

Matt encontró su voz y sin mirar al hombre le preguntó: "¿Quién diablos es usted?"

"Pablo." Vino la voz con un dejo de bravuconería.

"Pablo, si usted tiene cualquier deseo de vivir para ver el mañana, salir de la esa cama ahora mismo. Obtenga su ropa e ir a la sala de estar. Vístete y esperar allí para mí. Si deja que se presione cargos en su contra por violación de menores y posesión de drogas." Este no era una amenaza vana, cada palabra tenía el anillo de la verdad absoluta.

Pablo no podía salir de la habitación lo suficientemente rápido.

Matt trató de controlar su temperamento, él tomó una respiración profunda y se esforzó por obtener una comprensión de sus emociones. Él miró a su alrededor sala de mirada perdida en cualquier cosa que pudiera encontrar, tratando de concentrarse en algo neutral. Tratando de evitar mirar a su adolescente hija en la cama. Desnudo. Su mirada se posó sobre la cómoda, en un pequeño espejo de mano con restos de polvo blanco en él. En tan solo un momento de la importancia de que se hunda in Ese fue el final paja! Su rabia era sólo comparable con su miedo. Tenía una enfermedad sensación en la boca del estómago!

Él nunca había creído en los castigos corporales, pero su mente cambió de inmediato. Sally, mirando a la cara, lo sabía tan pronto como lo hizo. Matt se juntaron y hablaron. Su voz era sorprendentemente tranquila.

"Sally, yo sé que no he sido mucho de un padre para ustedes desde su madre murió y lo siento mucho, pero eso no quiere decir puede hacer lo que quieras. Lo he tenido! Lo siento mucho yo estaba tan estúpido que me dejó mi dolor me abruman. Sé que me descuide. Sé que estás en el dolor también. Desde que me di cuenta de los cambios en usted, yo he tratado de ser paciente. Pensé que podía esperar a que este período de rebeldía de los suyos. Pensé que era adolescente normal rebelión. Tal vez yo realmente no creo. Sé lo que has estado a través, pero no puedo pasar por alto este!" Hizo una pausa, "Te amo demasiado mucho más." Él tomó una respiración profunda y continuó: "Así que aquí está. Usted va a tener una elección. O aceptan algunas graves castigo, el castigo doloroso, o te vas de casa de este derecho ahora! Si te vas, no se le permitirá regresar hasta que decide cambiar su forma. Usted estará de acuerdo en vivir conforme a la normativa que yo voy a dejar. Una cosa más, no hay que esperar a a vivir con Paul si salir de casa porque si no se detienen verlo o si no a someterse a su castigo, tengo que lo detuvieron! Voy a presentar cargos contra él por violación de menores, el consumo de drogas, dando alcohol a un menor de edad nada, que puedo encontrar. I hará su vida un infierno. ¿Qué edad tiene? Si a lo largo de dieciocho años, que puede ser capaz de obtener lo puso en la cárcel!"

"¡Papá!" Sally estaba llorando. "Papá, lo siento. Por favor, no echarme! Daddy. Por favor, lo siento. Voy a tomar cualquier castigo si usted me perdonará, cuando se acabó."

"Yo te va a castigar y te puedo perdonar, pero va a tomar una mucho tiempo para mí volver a confiar, si alguna vez puedo. Déjame pensar." Él pensó por mucho tiempo. "Quiero que me encuentran varias diferentes cosas que puedo usar para darle una paliza. No interrupción, ni una palabra!" gritó mientras abría la boca para protestar. "Ni una sola! Quiero que me traiga por lo menos cinco cosas para que yo use. A continuación, quiero buscar algo que pueda usar para empate para arriba. Medias de nylon puede ser bueno. O pañuelos de seda. Entonces quiero que paquete de suficiente comida y ropa para una semana en la cabina de los dos. La semana que viene, cuando volvamos, y despés de contusiones de su castigo se desvanecen," oír esto Sally palideció, "voy a tomar usted al médico. Usted necesita hacerse la prueba de embarazo y las enfermedades." Rompió su voz, "¡Dios! Que poco tonto! ¿No pensar en nada? Has oído hablar del SIDA, ¿no? ¿No fue mala suerte de perder a su madre? ¿Hay que preocuparse por perder tú también?"

Sally estaba llorando de miedo y con la realización duras que ella estaba peligrosamente cerca de perder el amor de su padre y siendo expulsada de su casa. Ella no podía manejar una coherente la palabra.

Matt continuó: "Iré a hablar sobre lo que se llama ahora. Oren para que yo no matarlo."

Pablo estaba esperando abajo, vestida ahora y visiblemente alterado. Él Estaba temblando y todavía de alguna manera desafiante. Matt miró a la joven insolente. Fue la peor pesadilla de Matt. Fue el peor pesadilla de cualquier padre joven. Era delgado y bien parecido, de una manera adolescente. Tenía el pelo largo y castaño recta enojado con ojos marrones, jeans ajustados y una camiseta desgarrada camiseta con algunos banda de heavy metal llamado en él. Hubo un tatuaje que muestra en el parte inferior de la manga de su camiseta. Matt se dio cuenta de que había un medio espera que el joven a correr.

Matt apenas podía soportar ver a Pablo cuando habló con él. "Quiero que sepas exactamente lo que va a pasar a Sally, todos los porque de ti. Ojalá yo pudiera hacer lo mismo a usted, pero no puedo. Puedo mantener lejos de ella en el futuro. Puedo probablemente conseguir poner en la cárcel, si eso es lo que se necesita para hacerlo. Usted ha oído hablar de leyes sobre las drogas? Consumo de alcohol? Dar alcohol a un menor de edad? La violación estatutaria?" Hizo una pausa, "Sally se castigados físicamente por cada uno de sus recientes acciones: mentir, beber, fumar, faltar a la escuela, con la cocaína, la marihuana y el sexo, relaciones sexuales sin protección. ¿Estás listo para criar a un niño? ¿Estás listo para morir por unos minutos de emoción? ¿Estás listo para arriesgar su vida para su diversión?" Él no estaba gritando, no del todo, pero era tan eficaz.

"Luego, me dirás que la amas. Idiota," se burló él. "Los niños de tu edad y la edad de Sally se están muriendo de tener relaciones sexuales sin protección. Ellos mueren por el consumo de drogas. Y no se olvide, la principal causa de de muerte para los adolescentes es el alcohol al volante! Desde mi punto de vista, que también podría haber tomado una pistola y trató de matar a mi hija."

"¡Hey! Yo estoy limpio. No hay enfermedades. Y las chicas no quedar embarazada cada vez, ¿verdad? "Pablo protestó. "Y puedo sostener mi el alcohol."

"Ha sido probado el SIDA?" Matt le preguntó.

"Yo no necesito hacerlo," respondió Pablo.

"Jackass." Retiró a Matt en su temperamento con una casi palpable esfuerzo. "¿Cree usted que alguna de las personas con SIDA que pensaban se va a conseguir? ¿O creen que no sería de ellos? ¿Cree usted que la tasa de natalidad adolescente es tan alto porque todas las chicas querían tener un bebé? Algunos tal vez, pero todos ellos? ¿Cree usted que todos esos niños que mueren en conducir ebrio accidentes sabía que iba a morir? Lo sé, tan cierto como que yo vivo y respirar, que en algún momento de sus vidas cada uno de ellos dijo alguien que podía sostener su licor. ¿No sabes que no siempre es el otro? A veces eres tú." Él se detuvo. "¡Fuera. Ahora. Antes de que te mate."

"¡Espera!" dijo Paul. "Por favor, señor, no hacen daño a Sally!"

Trabajó hasta su valor. Fue el primer indicio de Matt que encontramos que el niño realmente se preocupaba por Sally.

"¡Por favor! Castigar a mí en vez! Por favor, no herir a Sally." Increíblemente había lágrimas en su rostro. "Y por favor señor, vamos a seguir viendo uno al otro. A mi me gusta ella."

Matt se quedó allí y miró al niño. Pensar. Se fue contra todos los instintos que tenía, la idea misma apretó los dientes en el borde pero sabía que tendría que hacer lo que les pidió y dejar que ellos seguir viendo a los demás. Fue lo suficientemente inteligente como para saber que si trató de detener a Sally de ver completamente Pablo, que realmente rebeldes. Si él la dejó ver al niño, pensaría que estaba dando ellos un privilegio mayor. Además, después de que Matt consiguió a través de él, Pablo no se atrevería a correr ningún riesgo con Sally.

Finalmente, habló. "No voy a cambiar mi opinión acerca de la castigo que voy a dar a Sally. Pero, si usted estará de acuerdo con someterse voluntariamente a la misma pena, y que quede claro, yo significa una paliza muy dura, y si usted estará de acuerdo en seguir las normas que establece sin lugar a dudas, que le permitirá ver a Sally. Por supuesto sólo puedes verla en mi presencia, y sólo durante el tiempo que usted continuará siguiendo todas mis reglas. ¿De acuerdo?"

En gesto sin palabras de Pablo, Matt continuó: "Pasará mismo hasta la cabina, después de mi camión. Vete a casa. Pack para al menos una semana. ¿Vives con tus padres?"

El muchacho habló. "Yo vivo con mi madre. Mi papá nos dejó unos hace cuatro años." Él tragó saliva e hizo una pausa antes de continua, "Por favor no le diga al respecto. Sé que he hecho cosas que le dolía, pero esto será demasiado para ella. Ella ha tenido una dificultades para conmigo desde papá izquierda."

"¿Espera tener ninguna simpatía por esa línea?" Matt preguntó con frialdad.

"No, señor-susurró Pablo, no para mí sino para mi madre ..."

"Haga que su madre me llame. Tengo que hablar con ella antes de que salir, entonces usted consigue su culo de vuelta aquí en dos horas! ¿Entendido?" Matt ha decidido no responder a su petición.

Pablo asintió con la cabeza, "Sí, señor." Reunió a su valor. "Señor, ¿qué Qué vas a decirle a mi mamá?"

"Lo que sea necesario para obtener su permiso para darle la paliza de su vida," dijo Matt. "Probablemente me amenazan con que han puesto en la cárcel. Por supuesto, voy a tener que hablar de la bebida, las drogas y sexo."

"Si puedo conseguir la mamá que le diera el permiso sin tener que decirle todo eso, que iba a estar bien?" les preguntó a Pablo.

-No del todo. No sería honesto, pero podría tono que hacia abajo. También quiero una confesión de su parte. En sus propias palabras. Escriba lo que usted y Sally estaban haciendo, las drogas y todo eso, a lo largo de con una declaración que está dispuesto a aceptar física pena de mí. Ahora vaya!" Como Pablo se dirigió a la puerta Matt agregó:

"Cuando regrese de la cabina que quiero que te vayas hacerse la prueba para todos los S.T.D.'s."

"¿Cuáles son S.T.D.'s?"

"Enfermedades de Transmisión Sexual, que tonto el culo."

En dos horas, Matt había maletas para él y para Sally carga en la parte posterior de su camioneta. Él había aprobado de los elementos que Sally había seleccionado para su castigo, lleno de una nevera portátil con los alimentos y los productos perecederos de la nevera, y apagó la luces. Él también había tenido una larga conversación por teléfono con Pablo madre. Al principio, la madre de Pablo quería culpar a la totalidad incidente en Sally, pero finalmente admitió que el niño necesita para aprender una lección. Al final de la conversación que habían acordado Matt volver a cada paso del camino, y prometió que no serían algunos cambios en la vida de Pablo cuando el chico volvió de la cabina.

"¡No me importa si tiene dieciocho años, que va a tener que aprender a vivir por las reglas!" prometió la madre de Pablo.

"Por su propio bien, tanto como cualquier otra cosa," coincidió Matt.

Él y Sally estaban esperando fuera para Pablo. Cuando el niño llegaron, todos suben a sus vehículos y comenzaron a cabo.

No fue un viaje alegre hasta la cabina; Matt apenas tuvo su controlar el enfado y Sally se debatía entre el miedo, la súplica, y el desafío. Pablo siguió en su propio coche, al mismo tiempo que desean para dar la vuelta y, sin embargo sentía que tenía que seguir adelante.

Como Matt y Sally pasó una estación de autobuses a mitad de camino hasta el cabina, Matt dijo: "Esto es todo. Este es el resultado final: Si usted y Pablo no estar de acuerdo con todo lo que hago y digo esta semana, sin una sola palabra de queja, que la estación de autobús es donde yo te dejará. No voy a dejar que volver a casa hasta que se comprometa a vivir por las reglas. Por supuesto, Pablo no se acaba de dejar fuera, será arrestado. ¿Entiendes?"

"Papá, ¿de verdad echarme?" Ella miró a él, los ojos muy abiertos.

"Yo no quiero," respondió Matt firmemente. "No quiero vencer usted. Yo no quiero ni ser estricto con usted. Yo tampoco quiero vea usted embarazada, muerto de una sobredosis de drogas, o de un accidente de coche, o enfermos con el SIDA. En otras palabras, si usted desea destruir a que no quieren ver y estoy seguro que no le ayudará a hacerlo. Si quiere tener un futuro, tener una buena educación, y vivir una vida larga, la vida feliz, yo te ayudaré todo lo que puedo. Voy a hacer nada para hacer que eso suceda."

"Papá, Te quiero, voy a tratar de hacer lo que quieras." Ella era casi en un susurro.

"Te amo demasiado, cariño, y te prometo no pasar por lo mucho tiempo en la oficina en el futuro, ¿de acuerdo?" Se sintió un poco mejor de su hija ya.

"Pero todavía estoy en problemas peludos importante, ¿verdad?" Ella se sintió obligado comprobar.

-Así es." No hubo piedad en el tono de Matt.

Hicieron un alto en el camino, fuera de una silla de montar y los piensos tienda. Matt llamó a Pablo otra vez. "¿Tienes dinero, chico?" Pablo asintió con la cabeza, perplejo. "A continuación, vaya a la tienda y comprar una fusta, 18 pulgadas a 2 pies de largo, y no uno de esos debiluchos poco delgado los. Obtener una cosecha abundante, muchacho, algo que le hará daño." Pablo se puso pálido, pero él obedeció de mala gana, sin decir una palabra. Hubo un leve tirón en su paso cuando Matt añadió: "Ah, y un Correa de cuero también."

Cuando se había detenido frente a la pequeña cabina y estacionado, Matt salió de su camioneta y regresó al coche de Pablo. Le dijo al joven a entrar en la habitación de arriba y el trabajo en el papel que había accedido a escribir. Iba a hacer frente a Sally primero.

"No," Pablo se detuvo por un momento, "daño a ella, ¿verdad?" Pablo preguntó. "Todo fue mi culpa," admitió. "Yo estaba realmente estúpido y haciendo caso omiso de los riesgos, pensando sólo en mí, al igual que usted ha dicho. Incluso corría el riesgo de obtener su problemas con usted."

"Ella es mi hija, la amo," respondió Matt. "Por supuesto que no hará nada para dañar a su realidad o para hacerle daño. Y yo sé muy bien lo mucho que tuvo que ver con el problema que está in me su edad una vez, pero yo no recuerdo haber sido tan tonto como tú. Me alegro de oír que admitirlo." Fue la primera señal de que los jóvenes hombre tenía ningún sentido de la moral o la responsabilidad en absoluto.

"Yo voy a poner peor, ¿no?" se preguntó Teo en voz baja.

"¿Cómo puedo poner esto? Usted es más grande, más fuerte y más y sobre todo, yo no te quiero un poco maldita. Usted sabe que yo tenía una hablar con su madre por teléfono. Ella suena como una dulce mujer y sé que la he puesto en el infierno. Le dije que lo que había hecho, y como estaba planeado para tratar el asunto. Tamb鼠én se tienen el papel escrito que accedió a dar. En otros es decir, tengo el permiso de su madre y de ti para dar que dura una paliza. La buena noticia es que si estoy satisfecho con la severidad de la paliza de su madre no se llame a su papá, por lo que usted no tendrá que hacer frente a más problemas de su padre cuando llegar a casa. Pero es posible que desee para besar su coche adiós. El deslizamiento de inscripción en el nombre de su madre." Brilló Él un asesino sonrisa a Pablo. "Vamos en el interior y vamos a hablar del asunto."

"¿Qué pasa si no?" Su desafío fue sólo en parte un acto.

"En ese caso, usted nunca verá Sally de nuevo. Voy a presionar cualquier legales cargos que se me ocurre en su contra. Su mamá le informe su auto como robado. Y, si su papá pone sus manos sobre ti, probablemente obtendrá el latido de todos modos!" Esa sonrisa mortal brilló de nuevo. "En otras palabras, no importa lo que hagas tu culo es hierba."

Como Matt regresó a su camioneta se encontró con que Sally había descarga de la ropa y la comida, y ella se sentó a esperar en la sala ambiente de la cabina. Ella se asustó, sentado mirando a la elementos que iban a ser utilizados en su castigo. Después de su las órdenes del padre, se había puesto las cosas en la mesa de café.

Hubo una larga cuchara de madera, una goma gruesa, con suela de sandalia; su padre cinturón pesado, el cuero, y cepillo de cerdas naturales de una; Matt ha añadido dos elementos a esta colección, la cosecha que había Pablo ordenó a comprar, y un interruptor de pino en bruto que había cortado sí mismo.

Matt dijo: "Pablo, vaya allí y escribir que el papel le pregunté para. Por favor, no deje que los gritos o ruidos que usted puede escuchar distraer a usted, y no bajar las escaleras hasta que yo te diga." El muchacho salió de la habitación, volviendo a los pies de las escaleras para ver a Sally.

"Go!" Matt mandado.

Pablo siguió escaleras arriba.

Sally seguía sentado nerviosamente en el sofá. "¿Cuál de estos son las cosas," se detuvo y tragó saliva varias veces y luego se fue en adelante, "se va a utilizar en mí, papá?"

"Siéntate Sally, no seas tan impaciente." Ella hizo un sonido ahogado pero él continuó: "Me doy cuenta de que sólo se encuentran cuatro cosas."

"No, hay cinco," protestó Sally. "La quinta cosa que usted puede utilizar para vencer a mí tu mano."

-Bien pensado," dijo Matt. "Bueno, déjame explicarte. La forma en que ver que tienes siete diferentes castigos venideros. Uno para cada una de las cosas que he estado haciendo últimamente. No hay saltos la escuela, la mentira, fumar, beber, a fumar marihuana, inhalar cocaína y de tener relaciones sexuales. Sexo sin tener ninguna responsabilidad por el resultado. Usted va a conseguir siete castigos por separado. Puede elegir a cualquiera de ellos adopte todas las de hoy o uno un día como vitaminas, durante una semana. Si fuera yo, yo, personalmente, tomar todo lo que puede hoy en día y acabar de una vez. A continuación, y Pablo se han algunas normas establecidas para usted."

"Tengo miedo, papá, ¿qué pasa si no puedo tomar?" Negó con la voz y tenía lágrimas en los ojos.

"Por eso me voy a atar. Usted no tiene una opción, no oportunidad de lucha y un no a oír tus gritos. Salvo Pablo, y me gusta la idea de que él lo escuche gritar. Se le dará una idea de lo que está en el almacén para él. Basta demora; quítate ropa de la cintura hacia abajo, a excepción de su ropa interior. AHORA!" Ella lo hizo, moviéndose lentamente, hasta que su padre agregó: "Si usted toma demasiado tiempo, voy a añadir un castigo adicional. Estoy seguro de que puedo encontrar un suspensión de madera o una paleta de ping-pong por aquí." Fue realmente increíble lo rápido que se desnudó.

Matt se sentó en una silla de pinos y tiró de ella hacia abajo a través de su las rodillas. Él la coloca de modo que su frente era casi tocando el suelo. Sus manos y el pelo largo y rubio, por supuesto, estaban descansando en el suelo. Se puso su ropa interior abajo y sin previo aviso, comenzó a azotar su trasero con el duro, fuertes golpes. Era un hombre de cierta fuerza y fueron los golpes da con cierta fuerza detrás de ellos. Era la primera vez que Ha sido una palmada.

Cada vez que su mano grande se estrelló contra su trasero desnudo que hace un sonido fuerte. Crack! Cada golpe produjo un ahogado grito de asombro de Sally. Después de poner una docena de golpes en cada lado alternativamente, puso cuatro en una fila a la izquierda, mucho más difícil que ninguno antes, y luego hizo lo mismo en el lado derecho. Sally gritó y empezó a llorar.

"¡Cállate!" Matt mandado. "Y relajar su culo. AHORA!"

Contra su voluntad, ella obedeció. Después de cuatro golpes duros en la cada lado se detuvo azotar su trasero.

"Levántate y siéntate aquí en esta silla de madera." Comenzó a para tirar de sus bragas para arriba. "Deja tus pantalones donde están."

Ella obedeció, con la cara roja y llorando.

Matt se acercó a la mesa luego volvió más. Usó el pañuelo para atar las manos juntas delante de ella. Sacó un taburete en el centro de la habitación y le ordenó que se arrodillara en que. Él usó un pañuelo para atar las manos a las piernas y las heces otro pañuelo para atar sus pies.

"Usted ha tenido un castigo, ¿está usted listo para otro?" Que preguntó con severidad.

"Papá." Ella estaba llorando, su tono era protestar, casi escrito.

"La única respuesta aceptable es: 'Sí papá, por favor, castigar a mí.'" Su voz era suave y mas intimidante.

"Papá, sancionar, por favor," logró decir, asfixia.

"Lo suficientemente cerca."

Tomó la cuchara de madera y empezó a usarla. Bateó con su fuerte, duro, incluso los movimientos de aterrizaje en ambos glúteos en una vez. No fue tan duro con ella como lo había sido con las manos, pero la forma en que su culo sentía, ella no se dio cuenta. La naturaleza cóncava de la cuchara hizo los moretones óvalo más fascinantes con poco centros pálidos. Después de aproximadamente una docena de golpes que le dio dos afilados recordatorios, más duro que los demás entonces se detuvo. Se sentó y con una mano temblorosa que Sally no podía ver, se pasó los dedos por el pelo castaño y corto.

"Vas a tener que esperar un poco si quieres la tercera hoy, el amor." Matt parecía agotado.

"¡Papá!" Las lágrimas corrían por su rostro.

"¿Recuerdas la respuesta sólo es aceptable, ¿no?" Es fue un recordatorio silencioso.

"Por favor, no me hagas esperar atados como esta, por favor, simplemente castigar Me AHORA!" Sally tenía miedo, de dolor y en una incómoda posición.

Matt cogió el cepillo para el cabello y le dio dos nalgadas con que. En primer lugar, le dio una docena de golpes en cada mejilla por separado, duro, pero no extrema. A continuación, se utiliza el lado con cerdas, la formación de pequeñas ampollas de sangre. Ella se retorció y movió la cabeza, gritando en cada SWAT del cepillo para el cabello.

Se detuvo por unos minutos para que el dolor en remojo a su las nalgas de color rojo brillante y su cerebro.

Después de un rato dijo, "chica Listo?"

Sally intentó responder, pero ella sólo pudo asentir. Matt utiliza la Sandalia con el alma de goma que viene. Se pica un poco y se culo de color rojo brillante. Realmente no era pegarle tan difícil. Es no era necesario. Todo lo que era realmente necesario era para Sally creo que él estaba siendo muy grave. Él la golpeó diez escozor golpes en cada lado de su trasero. Smack!

Le desataron. "Levántate chica, ir a sentarse en la silla y el resto."

"Prefiero no sentarme," acertó a salir de entre sus sollozos.

"No era una pregunta, se sienta ahora!" Gritó Matt.

Lo hizo sin protestar más. Las lágrimas corrían por su rostro. Una media hora más tarde se le ordenó poner la cara sobre la mesa pesada, el café de pino.

Cogió la fusta y le preguntó: "¿Estás Listo?"

Ella asintió con la cabeza.

Él la golpeó cerca de una docena roza cortes con la fusta. Cuando terminó, le dijo a permanecer en su lugar. Se fue subir las escaleras. Tan pronto como salió de la habitación se puso de pie y comenzó a a frotar suavemente sus nalgas doloridas. Mantuvo una estrecha vigilancia sobre la escaleras.

"¿Cómo es el papel que viene?" Preguntó Pablo.

Él tomó el papel escrito a mano del muchacho, que parecía más y vio que había terminado. Era sencillo y honesto, tomando todas las responsabilidad por sus acciones.

"Señor, ¿cómo está Sally?" Pablo aventuró.

"Ella está en el dolor, pero ella va a estar bien. Está a punto de terminar." Matt sonrió y volvió a salir con el disparo de despedida, "Para ella."

Cuando Matt se hizo a bajar un poco de café y esperó un poco antes de la pena empezar de nuevo. Él le dio unos veinte con el cinturón, tratando de hacer caso omiso de sus gritos. Lo que Sally no se dio cuenta fue que a excepción de la paliza con su mano, Teo no había utilizado la fuerza muy fuerte en sus golpes. Quería para castigarla y hacer una impresión permanente en ella, no matar ella.

A continuación, la correa de cuero. Cuando terminó con la correa, que la ayudó a pararse en los pies inestable y le dijo que sentarse de nuevo en la silla de madera. Esta vez lo hizo sin una palabra de protesta. Las lágrimas corrían por su rostro. Después de un rato notado las lágrimas en los ojos de color marrón de su padre y se dio cuenta que su padre estaba llorando también. La vista de su orgullo, por lo general suaves padre con lágrimas en sus mejillas, lágrimas que provocó, realmente sacudió a levantarse. Ella tomó una decisión para hacer lo que dijo, si ella pudo. Era difícil seguir las órdenes porque estaba en tanto el dolor.

Cuando estuvo listo Mateo recogió el interruptor en bruto y le dio el orden. "Levántate, Sally, date la vuelta, agacharse y agarrar el asiento de la silla con ambas manos. Hagas lo que hagas, no tienen las manos de la silla. Manténgase en esta posición y llevarla hasta que yo te digo que es más, ¿entiendes?"

"Sí papá, por favor, me castigan," susurró.

Se reunió todo su valor e hizo lo que le dijeron. Matt éxito su tan duro como pudo a través de las mejillas de sus nalgas lo que la hizo gritar en voz alta y tener en las manos de la silla, enderezándose.

Inmediatamente se dio cuenta de su error y dijo: "Lo siento ¡Papá!"

Utilizando todo su valor se inclinó de nuevo y se apoderó de la silla. "Lo haré mejor la próxima vez."

Matt se dio cuenta de que había presentado por fin. Su desafío fue desaparecido. En su lugar fue la voluntad de obedecer. No importa lo que cuesta ella en términos de dolor.

"Levántate, Sally, que has tenido suficiente," que finalmente cedió.

"¿Quieres decir que todo lo que tenía que hacer era gritar y defender a dejar de fumar?" Ella no entendía.

"No hay tonto Sally, idiota, todo lo que tenía que hacer era mostrar el suficiente valor y la obediencia a pedir disculpas y doble en posición correcta. Después de un golpe tan duro como el último, que tomó un poco de esfuerzo."

"¿Es realmente más?" Ella quería y necesitaba la garantía de oírle decir.

"Sí, se acabó. Ir a la habitación de nuevo y cerrar la puerta. No salga hasta que yo te diga. Paul tendrá su vida privada. Tome un poco de hielo y un paño frío. Se puede aliviar el trasero. Vamos a hablar más tarde, los tres de nosotros, y que podría ser capaz de trabajar en algunos reglas básicas que todos podemos estar de acuerdo."

"Usted realmente va a venció a Paul-preguntó ella con los ojos muy abiertos curiosidad.

"Sí." Él era firme.

"Por mucho que me hizo?" Fue su expresión de incredulidad.

"Probablemente más difícil," respondió su padre, sonriendo, "no me gusta él."

"Y no puedo ver?"-Preguntó con curiosidad.

"¡NO!" Respondió con severidad. "GO!"

"Caramba!" Dijo ella mientras la izquierda para obtener un poco de hielo y un paño frío.

Al enterarse de que la observación, Matt se rió por primera vez ese día y pensó para sí: "mocoso sanguinario!"

Cuando se había ido al dormitorio y cerró la puerta, Matt puso orden en la sala de estar. Guardó todas las cosas que había para castigar a Sally, excepto el cepillo, la fusta y el interruptor. Subió la escalera.

"¡El siguiente!" Llamó a Pablo. "Cuanto más pronto usted consigue aquí la antes que todo habrá terminado, excepto por el dolor, por supuesto."

Una vez más apareció la sonrisa, la sonrisa de asesino, al pensar en el objetivo. Esta vez iba a disfrutar de su tarea.

Antes de la sanción comenzó a Matt dijo a Pablo: "Si quieres saber lo difícil que va a doler, o lo que siento por ti, apenas se sientan allí por un minuto y pensar. Es un par de años en el futuro. Usted tiene una hija hermosa brillante. Ella es todo lo que te gusta en el mundo. Entonces un listillo su joven llega a hacer cosas que podría matarla. Él comienza el consumo de alcohol, drogas y sexo casual sin protección. Si no la mata que podría arruinar su futuro. Usted sabe que él no la mala intención, de hecho, piensa él la ama, pero sabes también que miles de jóvenes tienen sus vidas arruinadas o terminado por las cosas que quiere que haga con él. Piense. ¿Qué haría usted con el chico?"

Matt se fue. Entró en la cocina y tiene una cerveza. Dejó que el niño se siente y piensa, la esperanza de que haría algo bueno, tal vez tanto como la paliza que le seguirían.

Después de unos quince minutos o así que él les preguntó a Pablo: "Bueno, lo que harías para el punk?"

"Honestamente? Lo mataría." El muchacho miró pálido y asustado. "Yo lo haría." Miró hacia el suelo, pero después de unos segundos miró hacia arriba. "Pero por favor, señor, no me maten."

"Así que se aceptan mi derecho a castigar?" Al movimiento de cabeza del muchacho, continuó, "Deja tu pantalones y agacharse. Lleve a su ropa interior de abajo también. Y es mejor que no se mueva! Recuerde no gritar demasiado o Sally te escuchará. Usted no quiere a pensar que eres un cobarde. Voy a utilizar la primera cosecha, a continuación, el cepillo, luego el interruptor, y sí, yo te golpeará más duro que llegué a Sally. Sólo se alegra de que no te ritmo de el frente."

El rostro de ese comentario Pablo se tornó pálida y doblaron sus rodillas.

Cuando Pablo se inclinó, la celebración de la sede de la silla como Matt le había dicho que, de empezar a pegarles. Matt utiliza el cultivo y lo usaba con una fuerza mucho más de lo que tuvo con su hija; después de todo, esto era técnicamente un hombre adulto y de un padre punto de vista, más de lo que merece!

Los golpes tiene cada vez más difícil cuanto más se fue, el aterrizaje a veces en la mejilla o la otra, ya veces en ambos. Uno o dos pestañas de la cosecha, incluso llegaron a sus piernas. Casi todos los golpes causados refuerzos inmediatos. Pablo se esforzó por mantener calma, pero finalmente se rindió al dolor. Salió con un serie de gritos ensordecedores. Matt le dio al niño unas tres docenas de las pestañas con el cultivo, casi cada uno de ellos era más difícil que la antes. Por último, dejar de fumar y se sentó.

-Siéntate, Pablo vamos a tomar un descanso antes de utilizar el cepillo para el cabello. Espero que no te importe?"

Pablo se sentó muy cuidadosamente en la silla de madera dura y respondió: "Podemos esperar por siempre si usted quiere, de hecho yo lo prefiero."

Matt secretamente admiraba su aplomo.

"Sally no tratar de salir de cualquiera de ella, y yo siete cosas diferentes en ella," Matt le reprendió.

"Es su amor," dijo Paul en voz baja. "Apuesto a que ella no lo captura esto aún dura, con siete cosas. Además, no estoy tratando de conseguir fuera de él, sólo para ser amable."

"Muy bien Sr. Agradable, asumirá el cargo una vez más." Matt cogió el cepillo para el cabello.

"QUE! ¿Cuánto se puede le duele?" Pablo estaba casi riendo.

Dejó de reír cuando Matt trajo el cerdas duras abajo violentamente en su culo desnudo en una serie de golpes muy duro todo en su mejilla izquierda. No había sonido mucho pero aterrizó cada uno en un lugar que ya estaba dolorida, y cada uno produjeron mucho dolor. Después de unos veinte se trasladó su atención a la mejilla derecha.

Cuando terminó, de nuevo se dio la orden de calma, "Siéntate por Pablo." Entonces le preguntó: "¿Cómo te sientes?"

"¿Estás loco? Me siento muy mal. También me siento culpable de que Sally es sensación de dolor por mí." Paul miró a Matt. "¿O Crees que estoy diciendo que para tratar de conseguir que vaya un poco más fácil en mí?"

"No importa, porque no funcionó." Matt miró a Pablo, peso su opinión sobre él.

Él no lo admitiría, pero ya había llegado a un reticente el respeto por el niño. Pablo estaba teniendo su castigo como un hombre. Matt sabía de hablar con la madre de Pablo que el chico nunca había incluso se han perdido antes.

"Pero sí, sólo para que conste, creo que me siento un poco culpa, tal vez mucho. Yo no creo que haya realmente aprendido nada. Espero que sí. Ya sea que usted va a salir con mi hija o alguien más. Incluso si es sólo para ti, me Quiero que aprendan a pensar en las consecuencias de sus acciones. Usted ve, yo no quiero nada para arruinar su vida. Me sorprende yo, sorprendió incluso, pero me parece que tienen interés en que a través de que, de una manera u otra."

-Señor-dijo Paul en voz baja: "Quiero decirte algo. Yo lo sé no hará ninguna diferencia en cuanto a mi castigo, pero," que miró por un momento y luego se encontró con los ojos de Matt, "tiene que casa justo a tiempo. No había ... Quiero decir, ella es todavía virgen."

Matt cerró los ojos por un minuto, aliviado.

Él miró a Pablo. "Gracias. Pero, y no tomar esto como permiso para hacer cualquier cosa, el sexo no era mi mayor temor. Entender?" El niño asintió con la cabeza. "Así que ponerse de pie y agacharse."

Pablo lo hizo con las instrucciones sin ningún tipo de protesta, pero fue muy claro que él se resistía. Matt notó que la puerta de la parte posterior dormitorio estaba entreabierta, y creyó ver un rastro de movimiento cuando miraba a la puerta. Sonrió para sí mismo.

Matt utiliza el interruptor de pino en bruto pesado en las piernas de Pablo y el culo con fuertes golpes silbante que él dio en forma lenta. Cada uno era un asalto por separado sobre los sentidos del joven. Cada uno silbaba como el interruptor se abrió. Cada uno de ellos le hizo gritar. Cada uno causó un poco de sangre a fluir debido a la rugosidad de la interruptor. Después de una veintena de movimientos más o menos, Pablo se quebró y comenzó a llorar como un bebé. Poco después de que los azotes se finalmente se detuvo. Matt le dijo a Pablo que subir al desván.

Después de que el muchacho se fue, Matt recogido en el salón para que todos los huellas de los terribles castigos se habían ido. Él tiene algunas ungüento antibiótico y una bolsa de hielo y los llevaron a Paul.

"Aquí. Sé que me sacó sangre en muy pocos lugares, a fin de tomar cuidado de ti mismo. Sólo se encuentran allí y el resto, ¿de acuerdo?" Celebrado Matt los suministros sorprendente Pablo con su dulzura, parecía el puerto sin mala voluntad hacia el muchacho.

"Voy a llamar a su madre," dijo Matt al niño, "y decirle Creo que ella se merece la oportunidad de cambiar su forma antes de que ella castiga lo sucesivo."

Pablo estaba casi sin palabras, pero se las arregló para decir: "Gracias señor, voy a hacer mi mejor esfuerzo para ver que no me arrepiento."

"Sé que he dicho que usted y Sally y yo hablaría mañana y establecer algunas reglas básicas para cuando ustedes ver entre sí, pero cuando le dije a su madre acerca de lo que ella quería estar en el discusión. Pensé que sería una buena idea para que venga a mañana y unirse a nosotros. ¿Tiene alguna objeción?"

"Realmente no siento que frente a ella en este momento," dijo Paul, "Porque finalmente se dan cuenta de lo mucho problema la he causado, pero yo no me opongo."

Matt bajó y comprobó en su hija. "¿Cómo es va a ir?"

"Me duele, pero sintiendo mejor," respondió en voz baja.

"Sé que se asomó mientras yo estaba de golpear a Pablo, que poco desafiante imbécil," dijo Matt suavemente. "Pensé que iban a ser obedientes a partir de ahora."

"Le dije que ser obediente, no un santo," protestó Sally, dándole padre una mirada pícara.

"Bien. Los santos son todos los derechos, pero quiero más a mi hija. Yo no quiero que sea perfecto, sólo para asumir la responsabilidad de la resultados de sus acciones. ¿Entendido?" Matt le abrazó.

"Lo tengo," se detuvo y ella miró a su padre. "Sé que merecía lo que tengo, pero papá, ¿me perdonas?"

"Por supuesto que te perdono, Te amo. Descansa ahora a menos que desee salir y ver la televisión conmigo." Él le dio otra apretar.

Matt besó en la frente, y luego salió a la sala de estar que otra cerveza y ver el fútbol. En poco tiempo llegó a Sally a ver el partido con él.

"¿Cómo está Pablo?" Le preguntó. "Desde el dormitorio se veía sonaba horrible y bárbaro! Muy bien! ¿De verdad le había gritando!"

Los dos de ellos oyó un sonido extraño asfixia del piso de arriba.

"Vaya, me alegro de que pensaba que era genial," llama a Pablo. "Yo seguro que no!"

"Espía" Sally se rió y se volvió su atención hacia a su padre.

Matt respondió a la declaración original de Sally, haciendo caso omiso de la interrupción, "Bárbaros? ¿Qué de la palabra, ¿está usted leyendo los ripper corpiño-novelas otra vez? moza poco feroz ¿no? Voy a ir hacia arriba y ver cómo estaba de nuevo en el medio tiempo." Vamos a dejarlo solo un poco.-se volvió a ver la obra así como la variedad receptor caído lo que debería haber sido una presa fácil. "¡Maldita sea! Ese hombre ni siquiera podía coger un resfriado!"

"Es que Pablo me empujó a muchos de ellos," explicó su la lujuria de sangre. "Sé que soy responsable de mi propia decisiones, pero él es más viejo y todo, ¿no? Así que no era inocente tampoco."

-Sí, él está en una edad joven y estúpido. No fue ningún santo en dieciocho tampoco." Matt le dio un beso en la frente. "Vamos a olvidar que para mañana esta noche y hablar cuando su mamá consigue aquí."

"Qué fácil es decir, usted puede sentarse!" Enroscada Ella en su los brazos del padre entonces gritó, "¿Qué idiotas! Los tirones siempre balón suelto en la línea de diez yardas."

En ese momento los dos oyó una voz desde arriba.

"¿Cuál es la puntuación?" Les preguntó a Pablo.

"Ven y mira. Hay refrescos en la nevera," Matt invitados. "Simplemente no apuesta con mi hija."

"Porque yo había dañado ella?" Les preguntó a Pablo con cautela, entrando en el habitación.

Su rostro estaba pálido y sus ojos estaban rojos, pero parecía que compuesto. Respeto a regañadientes de Matt para el niño creció.

Matt le dio al niño una sonrisa genuina, por primera vez. "No, porque ella siempre gana."

Brillante y temprano al día siguiente, Matt y Pablo fue a la ciudad. Matt se había quedado con la madre de Pablo, Joan, a nivel local puesto de hamburguesas y llevar ella a través de los caminos de regreso a su cabina de mando a distancia. Matt se sorprendió cuando Joan se convirtió en un muy atractiva mujer de unos cuarenta años. Tenía una forma de ajuste, wellstyled cabello castaño rojizo con preocupación los ojos marrones. Él se quedó a un lado y la miraba, mientras saludaba a su hijo. Ella parecía roto entre el deseo de abrazar a Pablo y las ganas de estrangularlo.

Pablo se puso al lado de Matt, mirando a su madre con incertidumbre. "¡Hola! Mamá."

"¿Cómo estás Pablo?-Preguntó ella con solicitud materna.

"Yo estoy bien." Él le dio una media sonrisa tímida. "Lo siento, estoy muy lo siento por todos los problemas que parecen dar los últimos tiempos."

"Usted ha sido un dolor en el trasero, pero Te amo Pablo." Ella lo abrazó con suavidad. "¿Podemos empezar de nuevo?"

"Mamá Claro, siempre y cuando no mencionan el dolor y las nalgas en el misma frase," bromeó Pablo débilmente. "Te amo demasiado."

"¿Te duele? En realidad, la lastimó físicamente?" Miró más a Matt.

"Diablos, sí-respondió Pablo con facilidad," pero voy a sobrevivir. Que merecía que."

"¿Está usted herido?" Preguntó.

Pablo se sonrojó mirando a su madre, "Usted nunca sabe."

Joan se quedó allí mirándole. Levantó una ceja, curiosidad. "Cuando volvamos a la cabaña, que va a mostrar el resultado de mí."

"Ay mamá, por favor no hagas que te enseñe. Por favor." Ver su sonrisa, se relajó. "Por cierto ¿Has conocido a Matt?"

Joan volvió a saludar a Matt y miró a los ojos por primera vez. Ella observó en silencio el pelo rubio oscuro y ojos marrón oscuro. Su rostro estaba demacrado, pero no gastados, y tuvo gran hueso asentaderas estructura. Estaba a punto de su edad, muy buena forma, pero no demasiado pobre. Era guapo, de hecho! Hubo una reacción instantánea.

Matt extendió la mano y se estrecharon las manos murmurando cortés saludos a los demás. Pablo miró de uno a otro varias veces con una leve sonrisa en su rostro sensación temporal olvidado. Finalmente se aclaró la garganta.

"Hey, yo no quiero interrumpir dos, mientras usted todavía está dándose la mano.-miró su reloj. "Sólo han pasado cinco minutos. ¿Cuándo mano temblorosa convertido en la mano?" Que preguntó con inocencia exagerada.

"Pablo, usted puede conducir el coche de su madre de nuevo a la cabina, de Joan montar a caballo conmigo." Matt ni siquiera volver la cabeza para mirar a la muchacho.

"¿Por qué no estoy sorprendido?" Pablo murmuró como se metió en el coche, tratando de no mueca de dolor mientras se deslizaba sus nalgas todavía dolor detrás de la rueda.

Para gran consternación de Pablo y la humillación total de su madre insistió en ver las marcas dejadas por los golpes Matt le había dado. Después se encontró con Matt en la cocina con su hija.

"¿Puedo hablar con tu padre en paz?" Preguntó Sally.

Sally asintió con la cabeza y salió. Joan volvió a Matt. "Yo nunca pensé que diría esto a nadie, pero gracias por golpear a mi hijo. No sé cómo llegó hasta el momento fuera de control." Ella se reunió de Matt los ojos. "Y él me dijo que algunas de las cosas que le dijo: también. Gracias."

"Creo que va a ser un buen hombre algún día, cuando se aprende a tomar responsabilidad por sus acciones," admitió Matt. "Hay una gran cantidad de bien en ese muchacho."

Sorprendentemente, el resto de la semana pasado agradablemente. Los dos adultos intentó pisar la delgada línea entre el asesoramiento a los adolescentes y conferencias ellos. Sally y Pablo fueron tanto en su buen comportamiento, pero los dos tuvieron un mal rato tratando de resistir las burlas de sus respectivos padres acerca de las chispas vuelan entre ellos.

Después de algunos días, Pablo y Sally de regresar de una caminata y que se encuentran Matt y Joan en la sala de estar besando apasionadamente.

"¿Puedo hacer una pregunta, papá?" Preguntó Sally, ignorando su derrota padre a tener a los niños a pie pulg.

"Claro, mocoso. ¿Qué pasa?" Matt sabía que parecen traviesa.

"¿Por qué es bueno para usted y la mamá de Pablo a hacer eso ... O sea, besar, ah caramba, usted sabe, y no Pablo y yo?"

"Debido a que Joan y yo somos adultos. Eso no es sólo una cuestión de edad, pero implica el respeto y el autocontrol. Ninguno de nosotros es tratando de usar drogas o alcohol, o incluso la persuasión para empujar la otros a hacer algo irresponsable, y lo vamos a lamentar. Y para la joven de registro, que no lo estaban haciendo. Nos sólo un beso. Besar mucho, pero solo beso. Si y cuando hacemos amor, te puedo garantizar una cosa: no te ni Pablo caminar sobre ella," dijo Matt con firmeza.

"Yo voy a segundo," dijo Joan sonriendo. "Contar con ustedes dos nos encontramos besos era bastante malo."

Ella miró a Sally con cautela. "¿Te molesta, cariño? Que tu padre y yo estamos interesados en los demás, quiero decir. I sabe que perdió a su madre hace muy poco."

"No. Está bien, supongo, siempre y cuando ..." Sally se detuvo, sin saber.

"¿Qué, cariño?" Le pide Joan.

"Mientras él aún tiene tiempo para mí," exclamó Sally.

Matt levantó la mano y tiró Sally abajo sobre su regazo, abrazar ella. "Prometo que seré nunca el abandono de nuevo. Te amo." El miró hacia arriba. "¿Cómo te sientes acerca de mí ver a su madre, Pablo?"

"Sólo tratarla bien y no se quejan," dijo Paul. "Ella merece ser tratado mejor que ella tiene por los hombres en su vida. Incluyéndome a mí."

Esa noche, sintiendo como si tuvieran el sello de aprobación, Matt y Joan hizo el amor toda la noche. Ambos eran apasionados y dando a la gente. Antes del verano había terminado que se casado. Pablo y Sally burlas a su gente cuando Joan le había bebé sólo siete meses después de la boda.

"Tal vez debería salir de la fusta," comentó Pablo inexpresivo. "Parece que ha llegado hasta a mi madre en problemas antes de que el de la boda."

"Pero me hizo bien por ella, Pablo. Yo estaba y estoy teniendo plena la responsabilidad de mis acciones," Matt se defendió. "Además, tienes una salida nueva hermana de la operación."

"Y un nuevo padre también. ¿No?" Él sonrió al hombre que se había convertido en su mejor amigo.

"Bien."

Pablo y Sally poco a poco se instaló en su nueva relación como medio hermano y hermana. Todas las señales de romance adolescente desaparecido.

Por lo menos parece que así hasta que Pablo terminó la universidad y Sally dieciocho vuelta, y luego, sin una palabra que se fugó. Jóvenes amor por lo general se desvanece, pero a veces el amor dura para siempre joven.

El amor de un padre puede ser un verdadero reto difícil con una rebelde adolescente; esto es una investigación seria, pero me sentía historia necesaria. Al igual que los azotes fuertes pueden ser necesario, o creen muchas personas. Por mi parte, creo que un nalgadas es sólo diversión a la antigua!

Siete

Personal: La primera vez

¿Qué le dirías a una propuesta escandalosa de la que el hombre amor? Lo que si es algo que realmente quiere?¿Qué hacer? ¿Qué tanto confía en él? ¿Cómo tiene miedo usted? Hacerlo en secreto que disfrutar del temblor en la columna vertebral? Definitivamente autobiográfica y sobre todo cierto, sólo los nombres han sido cambiados, como que dicen. Por supuesto, también cambió la descripción y de la mujer figura. Diablos, si no puedo yo dieta en una belleza delirante, al menos puedo escribir a mí mismo como uno, no puedo?

"¿Quieres hacer qué?" Se oyó la voz de Ana como un grito sorprendido y ella comenzó a pasearse por la habitación en sus piernas largas y esbeltas.

"Detener el ritmo y estar quieto, le pondré un agujero en la alfombra," Jerry dijo con ironía.

Jerry era su mejor amigo y quería ser su amante. Tiró ella en un cálido abrazo y la besó suavemente antes de continuar con calma y con firmeza, repitiendo de nuevo la declaración escandalosa que la había recibido con al que había llegado primero.

"Lo único que dijo fue: quiero nalgadas." Luego se añadió un sencillo palabra, implacablemente, "duro".

"¿Qué?" Ella tiró de nuevo en sus brazos lo suficiente como para mirar hacia arriba a los ojos. En su sorpresa, era la única palabra que podía gestión que decir. Por una vez en su vida Ann se quedó sin habla.

Él le dio una sonrisa pícara y un guiño, su abrir y cerrar ojos marrones llena de risas, y luego habló despacio y con paciencia exagerada. "Quiero subir y bajar la mano, llevándolo de manera rápida y repetidamente en las nalgas desnudas, comenzando poco a poco, y no muy duro. Quiero oír el golpe de mi palma de la mano sobre su piel desnuda y sentir el calor de tu piel, ya que empieza a ponerse de color rosa. Entonces quiero aumentar la velocidad y el la fuerza de los golpes, haciendo que sus nalgas a su vez de color rojo brillante y caliente, y que te hace sentir un poco de escozor, algo más real escozor y dolor al fin. En realidad," otra sonrisa y un guiño, "que debe haber oído hablar de él antes. Es una práctica comúnmente utilizada en los niños se portan mal. Hay incluso un debate sobre si o no es el abuso infantil."

"Yo no soy un niño mal comportamiento-dijo ella con fuerza.

Jerry se limitó a sonreír mientras miraba a ella, señalando sus pechos llenos y de fondo redondo. Él dijo: "Yo sé, cariño. Créeme, lo sé."

Sus ojos se abrieron tan grandes como platos y dejó caer su mandíbula, que fue casi sin palabras. Estaba más sorprendido de lo que había cada vez estado antes. Se las arregló para sacar uno más incrédulos la palabra.

"¿Por qué?" Ella se detuvo. Ella tragó saliva antes de que finalmente continua, "¿Cuál es la emoción para usted? ¿Y qué hay para mí?"

"Te diré lo que hay para que en primer lugar: Bueno, hay algo de dolor, tal vez mucho dolor, y también el calor, el miedo, la vergüenza, la pérdida de de control, sumisión, la sensación de impotencia, de que su destino en manos de otro, y de ser un objeto, sino un preciado objeto." Hizo una pausa y le dirigió una mirada prolongada y evaluar, teniendo en su rostro encendido, sus pechos y su agitado bluegreen gama los ojos. Dios! Ella era hermosa! "Puede ser que usted también obtener placer sexual de ella. Muchas personas lo hacen."

Y continuó: "¿Por qué quieres hacerlo? Porque Te quiero. I ama a tu alrededor, trasero firme. Quiero hacer lo pican, pican realmente. I quiero ver que vuelven de color rojo brillante y ser capaz de poner mis manos sobre él para siente lo caliente que lo hice."

Jerry se detuvo otra vez tratando de encontrar palabras para explicar. "Tenemos un relación extraña. Después de todo el tiempo que hemos pasado juntos y lo mucho que está en el amor, aún no se tienen relaciones sexuales conmigo porque Yo estoy casado. Bueno, eso es justo. No me gusta, de hecho, lo odio, pero que es justo. Eso significa que estamos en el amor, pero no tenemos sexo. Cualquier forma de sexo. Se niegan a chupar o que me deje sodomizar usted, y yo respeto sus razones para ello. Estoy decepcionado y caliente como el infierno, pero esa es tu decisión, de modo que así es. Usted tienen fuertes creencias acerca de estar con un hombre casado, aunque me amas, y aunque mi esposa y yo vamos probablemente que se divorció pronto."

Hizo una pausa y pensar antes de que él continuó: "Así que una paliza, mientras que es sexy y atrevido, no es realmente el sexo, y es algo que siempre he quería probar que nunca he hecho con mi esposa o con cualquier otro mujer. Sería nuestro pequeño secreto, el nuestro solo, algo que es especial y única solo para nosotros. ¿Recuerdas cómo me dijo una vez que tus padres nunca te hubiera perdido? Sería sólo yo. Yo sería el único. Mi mano toma tu trasero y quemar a su vez rojo. Yo estaría en control de su placer y su dolor. ¿Le tiene que darme toda su confianza. Si no puedo tener tu cuerpo para tener relaciones sexuales, al menos puedo contar con su confianza."

"Me gusta la idea de compartir algo especial con usted. Algo que nunca han compartido con otra mujer, y Nunca he compartido con otro hombre." Y continuó: "Y tú tienen mi total confianza, ya lo sabes, pero ¿por qué tiene a ser una paliza? Me refiero a ser real, Bud, esta es la década de los noventa. Soy un mujer liberada. No se trata sólo de la fecha, es positiva medieval!" Ella dejó sus brazos para reanudar dar vueltas por la habitación agitado y perplejo, tratando de ignorar el temblor y la pequeña mancha de calor en la boca del estómago, la sensación de hormigueo leve en las nalgas.

Se dio cuenta de que su respiración era cada vez más rápido y su pechos sentía extraño, pesado y apretado. Fueron estos los sentimientos de la primera indicios de algo? Miedo? Emoción? La excitación?

El miedo, se dijo con firmeza, debe ser el miedo. A pesar de que la pensamiento cruzó su mente, sabía que estaba mintiendo a sí misma. Ella nunca podría temer Jerry, en realidad no.

"¿Y qué si es medieval? He visto los libros que siempre dejan por ahí, todo lo que ha leído son novelas históricas. Usted está muy mismo medieval, o al menos sus fantasías son," dijo con firmeza. "Además, usted realmente no tiene una opción en este sentido. Voy de hacerlo sin importar lo que usted dice."

"Voy a pelear." Ella levantó la barbilla desafiante.

"Voy a disfrutar de la pelea, y yo voy a ganar," dijo con un toque de macho bravuconería. "Usted no me puede detener."

"Voy a gritar," trató de ella otra vez.

"Te voy a mordaza," contestó.

"Voy a denunciarlo a la policía," que finalmente amenazó.

"Pero no fue hasta después de que todo ha terminado, y pensar en cómo se siento decirle a la policía, o un juez o un jurado acerca de cómo se una palmada. Y considere esto: usted ha dicho que no, y con razón, por lo que muchas veces de muchas cosas. Di que sí esta vez. Sólo por esta vez hacer algo por mí, aunque no parece ser algo te gustaría hacer. Incluso puede disfrutar de ella." Fue lo más cerca la mendicidad como él le iba a llegar.

Ana le miró en silencio y consideró la idea loca. Ella notó el ligero adelgazamiento de su cabello castaño recta. Se ha de espesor cuando se conocieron. Si hubiera sido realmente hace tanto tiempo? Ella Recordé, recordando cómo su relación comenzó.

Comenzó como una broma bromas simples y amistad entre compañeros de trabajo. Jerry se convirtió en su personal de plagas en el trabajo, pero en un manera divertida. Él la llevó frutos secos, pero siempre estaba ahí para apoyar, comodidad y ayudarla. Él sería un consuelo para ella, a continuación, hacer una paso torpe con una sonrisa. Él sería su pie hasta su coche cuando ella tuvo trabajo en casi la medianoche, espere hasta que fue cerrado de forma segura con la ventana hacia abajo una parte del camino para que pudieran hablar, y al igual que ella puso la ventana hasta que él haría un robo en su pechos. Si hubiera muchas ganas de agarrarla ella siempre sabía no esperar a que ruede para arriba la ventana de su coche. Siempre se alejó con una sonrisa.

Luego dejó el trabajo. Él tenía otro trabajo, sino que paga más y le ofreció un futuro mejor. Ann le echaba de menos terriblemente ya que había sin duda animó las cosas en la empresa. Sin él, su días de trabajo parecía más apagado y más. El único punto brillante para su era que ella ya no tuvo que luchar desde cruzar un límite con un hombre casado. Plagas que era, Jerry había sido cada vez más y más tentador.

Después de no ver a Jerry por más de seis meses, se convirtió en su vecino, por pura casualidad. Jerry no sabía, no podía saber, que Ann vivió en la misma cuadra cuando él y su esposa compraron su primera casa. Ann siempre se reía para sus adentros al pensar en la bendición de tener su traslado fácil de plagas en el trabajo en una casa casi al lado de ella. Nunca olvidaría el día en que se acercó a ella mientras estaba a su alimentos fuera de su coche.

"¿Es ésta su casa?" Le preguntó, la risa y la alegría en su recorrido rostro moreno de oliva.

"Jerry! ¿Qué diablos estás haciendo aquí?" Ann se sorprendió y contento de verle.

"Mi esposa y yo acabo de mudar a la casa," señaló que a un casa de color marrón claro unas cuantas casas por debajo de ella.

"Oh, Dios mío! El Sr. "acoso sexual-de-trabajo" es que viven en mi bloque," que se burlaban de él. "Ahí va el barrio."

Jerry sonrió con alegría: "Ahora usted puede ser molestado en su casa en su propio tiempo. Sólo piense en todas las ventajas, la posibilidades, el... ah ..."

"Los vecinos, su esposa," respondió Ann.

Aunque Jerry y su esposa no se quedó en esa casa mucho tiempo, mientras ellos estaban viviendo allí la amistad entre Jerry y Ann profundizado. El coqueteo tiene más pesado y creció la compañía. Venía a verla después de que saliera del trabajo alrededor de la medianoche sólo para visitar y relajarse. Fue una compañía muy necesario para dos de ellos.

Ann había dejado su trabajo y ella estaba atado ahora a la casa, cuidando para su madre enferma, y Jerry realmente odiaba ir directamente a casa del trabajo a una mujer durmiendo y nadie con quien hablar. Y el muchacho se hablan, sino que habló de todo, desde las últimas películas de deportes, política, religión e incluso algunas cosas tan personales que Ann nunca había discutido con sus mejores amigas.

Incluso en los primeros días el amor estaba allí, en silencio cada vez mayor. Ellos realmente no aguantar más allá de la amistad hasta después de la madre de Ann murió, y luego por sus propias razones, razones que no tenía nada que ver con Ann, Jerry y su esposa decidieron por separado.

Pronto, Jerry se acercó aún más a menudo. Poco a poco, Ann y Jerry comenzó a besar y perder el tiempo como niños de secundaria haciendo a cabo en el sofá de sus padres. Siempre estaba tratando de entrar en Ann ropa. De alguna manera que casi siempre tuvo éxito, al menos parcialmente. Ann empezó a sentir como si estuviera en una relación amorosa con un pulpo. Él la besa y se burlan de ella constantemente. Ella sintió que sus dedos Apriete suavemente los pezones o la diapositiva dentro y fuera de su vagina húmeda. A veces los dedos mágicos incluso se burlan de su ano apretado. Incluso entonces ella se resistió relaciones reales, porque en su corazón todavía creía que era un hombre casado. Ahora estaban en un momento crucial momento de su relación.

Ana se dio cuenta de que este fue el momento decisivo, su solicitud para dar sus nalgadas sexuales ocasionales significaba mucho para él. De hecho, secretamente se preguntó cómo había conseguido el valor de preguntarle.

Por lo que consideró la idea y el pensamiento del amor que sentía por él. Pensó en los largos años de negación de sí mismo para los dos ellos y su paciencia. Seguramente no fue el verdadero amor detrás de su paciencia monumental?

Ella también pensó en el hecho de que nunca le había pedido que se cualquier cosa sólo para él. Oh, él quería tener relaciones sexuales con él. Él estaba caliente cada vez que lo había visto. Pidió sexo, pero nunca le había pedido ir en contra de sus principios, y él nunca había insistido o amenazado. Pensó largo y duro y pesaba sus opciones, porque como siempre con su amante, el elección era realmente suya. No importa lo que dijo.

Lo que no se dio cuenta fue que la idea original era de ella también. Ella había plantado con una gran cantidad de sutileza. Ella había usado observaciones casuales, aparentemente dado sin pensar. Ella también se fue libros en que se había referencias a las nalgadas o disciplina en la cubierta posterior publicidades. Incluso se utilizan las viejas películas. A veces visto viejas películas con estrellas como Elvis o John Wayne que había escenas de azotes. Ella siempre tiempo para que llegara antes de la escena de los azotes. Que dejaría la televisión, mientras que hablaba.

Ella no tiene que hacer nada o hacer cualquier esfuerzo por señalar la escena, se basta con tenerlo en. Sus razones eran una secreto, incluso para sí misma.

Ahora que él había respondido finalmente a su plan secreto, que estaba conmocionado y perplejo. Ella quería seguir sus deseos ocultos secreto. También se dio cuenta de que estaba asustado y vacilante. Interiormente se preguntaba por qué, ya que, sin el conocimiento de Jerry, éste fue su idea en el primer lugar. Ella tragó saliva y se reunió con su cálida ojos marrones.

"Está bien." Tan pronto como se corrió la voz bajó bluegreen los ojos con timidez y le preguntó: "¿Qué es exactamente lo que quieres que yo hacer?"

"En primer lugar, quiero que ir por una cuchara grande de madera de la cocina. No quiero hacer daño a mi mano." No era tan grande sonrisa, tan alegre y agradable como siempre, con un toque juvenil picardía lanzado adentro. "Al menos, no tanto como me voy a doler el culo grandes y suculentos."

"Grandes, mi culo!-Murmuró mientras se dirigía a la cocina.

"Precisamente." Ella le escuchó la respuesta con una voz llena de humor. "Grandes y suculentos y muy hermosa."

Ella hizo lo que le ordenó, pero ella estaba nervioso como el infierno. Ella regresó con la cuchara y se quedó temblando un poco, sintiendo incómodo e incluso de alguna manera expuestos a ella en la mano.

"Venga y de pie delante de mi silla." Él mantiene su voz suave y suave, llena de su habitual calidez y humor.

Una vez más se hizo lo que se le indique. Moviéndose lentamente, casi como ella estaba en un sueño, ella se acercó a estar delante de él. Él extendió la mano y tira suavemente hacia adelante se interponga entre su las rodillas. Cuando él levantó la mano y soltó el broche de presión y cremallera de su pantalones vaqueros, el aleteo en la boca del estómago creció y se sintió sus rodillas débil.

"Bajo sus pantalones vaqueros poco a poco, el amor," Jerry ordenó en voz baja.

Él quitó suavemente la pala de madera de los dedos entumecidos y se lo metió en su bolsillo trasero.

Ella bajó los pantalones lentamente, empujando a todos hacia abajo para los tobillos y comenzó a salir de ellos cuando él la detuvo.

"Deja que alrededor de sus tobillos y ahora inclinarse mis rodillas. Estoy seguro que has visto la posición estándar, que ha estado en un montón de libros y películas," criticó que mientras suavemente guiadas en torno a el lado de la silla. "Incluso en algunas de las películas que hemos vistos juntos."

En un sueño, ella hizo lo que le encargó, nervioso bajando la voluptuoso cuerpo sobre su regazo. Cuando estaba en la posición que él dijo, "Ahora quiero que esperar tanto tiempo como puedas antes de gritar ¡ALTO! Usted puede gemir, gritar gemir, llorar o gritar, pero evitar STOP."

Se quedó en la posición de sus piernas, su pelo largo, rubio oscuro cepillar el piso, esperando con nerviosismo.

Se preguntó en voz baja, "¿Quieres dejar de pegarme cuando hago gritar parar?"

Sin responder, le bajó la ropa interior de color azul, de nylon hasta la parte superior de los muslos.

Ella protestó de inmediato, "Jerry, te lo he dicho una y otra vez, dejar de tratar de sacar mis pantalones abajo!"

Fue una larga tradición con ellos. Como parte de su intento de seducciones que trataría de quitarse la ropa. Como parte de su resistencia, protestó. Fue en parte un juego y parcialmente en serio. Él siempre tiene la mayoría de la ropa, o al menos de el camino, y ella siempre se las arregló para detener lo corto de su real objetivo, por lo general, amenazando con llamar al 911 tan pronto como se fue.

En verdad, Jerry fue uno de esos hombres que no se hablaba acerca muy a menudo: Los hombres que realmente entienden el significado de NO. No le gustaba la palabra y trató de conseguir que decir SI, pero lo hizo comprender y respetar la palabra.

Hizo caso omiso de su arrebato y empujó hasta el fondo de su oscuro parte superior de punto de color rosa, desabrochó el sujetador y comenzó a frotar suavemente su firma, un poco grande, trasero bien redondeado.

"¿Qué más puedo pegarle a usted desnudo de fondo?" Dijo en un muy tono razonable.

-Entonces, ¿por qué tienes que desabrochar el sostén?" Preguntó ella con aspereza.

"Yo no tenía que quería porque me encanta las tetas grandes," se echó a reír.

"Y nunca me respondió cuando le pregunté si sería parada cuando le pregunto a usted," le espetó ella a él.

Hubo una pausa antes de que finalmente respondió a su pregunta. "No estoy seguro. Tal vez yo o tal vez no. Tal vez voy a dejar sólo un poco después de dejar de decir, pero entonces de nuevo ..."

Jugaba con sus cheques tirando de ellos aparte y roce, incluso los pellizcos. "Tal vez voy a seguir nalgadas usted. Podría Incluso le nalgadas un poco más difícil, nunca se sabe. Me pregunto si puedo hacer de su culo del mismo color que tu suéter."

Jugó con su ano apretado con un dedo. Ella se retorció y esperó, a punto de pánico, a punto de estallar! Ella se rompió entre huir y golpear sus luces hacia fuera. Puso su mano en su trasero y lo frotó en un pequeño círculo, haciendo que la piel sentir calor y hormigueo. De repente su gran workroughened la mano se estrelló en ese mismo lugar a su izquierda verificación de una serie de bofetadas fuerte, fuerte. Ella abrió la boca, luego se ingiere duro y traté de no llorar. Se volvió su atención a su derecha cheque, frotando primero un círculo y luego dándole la misma dura el tratamiento.

Se detuvo la paliza y le acarició el trasero un poco más, examinar de forma exhaustiva los primeros vestigios de color rosa, y luego comenzó a pegarle a ella una vez más. Se dio cuenta de que cada golpe causado la piel a ser blanco de una fracción de segundo antes de que el rubor apareció. Él utilizar bofetadas lento constante, nalgadas a su mucho más difícil que antes. A pesar de que siguió a guardar silencio y se quedó quieto, que tensa las nalgas caliente y quemar ya.

Se detuvo de inmediato y dijo en voz baja, "Relax tu trasero."

Un aura de irrealidad se apoderó de Ann. Ella no podía creer la paliza que le estaba sucediendo y ella no podía entender por qué ella no estaba tratando de detenerla, o protestando por lo menos. Incluso ella como consciente voluntad propia para tratar de relajarse y dejar de apretar el las mejillas de sus nalgas, se pregunta en parte de su mente por qué no había gritado parar.

Volvió a azotar ella. Las bofetadas venían más y un poco más rápido. Cada uno de ellos aterrizó con un ruido seco. Su trasero comenzó a arder y picar. Ella comenzó a retorcerse, el movimiento que causa su frotar contra su cierre y su pene duro. Ella podría siento su erección a través de sus pantalones. Algunas de las bofetadas sintió más nítida que el resto.

Como continuación de la paliza, en un momento dado instintivamente su mano hacia atrás para proteger su trasero, pero él agarró la mano y llovido varias derecho rápido sopla fuerte sobre el terreno que había sido tratando de proteger.

"Nunca trate de proteger a su tope de mí otra vez!" Dijo con severidad-.

El dolor de los golpes era tan fuerte que ella gritó, pero la mayoría de los azotes picado, y ella había admitido a sí misma que de un modo extraño, se sentía muy bien. Fue muy doloroso, pero también extrañamente maravilloso y emocionante. Ella tomó una decisión para tratar de evitar dejar de gritar durante todo el tiempo que pudo. La paliza continuó, cada vez más dura y más fuerte cada vez.

Finalmente, cuando la mano tiene dolor, empezó a usar la cuchara. Es era mucho más doloroso y más frío también, y mucho menos personal que su mano, pero aún trataba de ser tan valiente como pudo. La nalgadas escozor continuo. Una y otra vez la cuchara de madera aterrizó varias veces en la mejilla antes de pasar a la otra. El dolor se hizo cada vez que trajo la cuchara.

Finalmente no pudo resistir más. "¡Alto! Dios, por favor parar!"

Al instante Jerry dejó de azotar a ella, entonces después de una larga pausa cuando había empezado a relajarse, le dio un par de palmadas extra en cada mejilla, muy duro, muy rápido, y finalmente se hizo. Él le dijo que de pie, de espaldas a él para que pudiera mirar a su brillante culo caliente, rojo.

Después de unos minutos se levantó y caminó detrás de ella. Él se frotó suavemente la parte inferior de licitación. Él la condujo hasta el sofá y le dijo que se acueste boca abajo. Ella obedeció sin decir una palabra. Se frota suavemente un poco de loción sobre su piel rosada caliente. Se sentía fresco, relajante y muy sensual.

Por último le pidió ponerse de pie. Acercó su ropa interior y los pantalones vaqueros y le dijo que se les fije. Le ordenó que se sientan en la silla de madera. Se sentía con fuerza contra su piel blanda pero obedecido.

Era su turno de pie delante de ella mientras se sentaba en la silla mirando hacia abajo mientras hablaba con ella. "Lo hiciste muy bien! Nunca esperaba que me dejó, para golpear a largo y duro, se fantástico! ¿Cómo te gusta?" Preguntó con un emocionado y Buscar serio en su rostro hermoso, marrón oliva.

"Si yo digo que fue maravilloso sería que creo que era extraño?" Que se rió, nerviosa.

"Nunca podría pensar que se extraña, perversa, tal vez, pero nunca raro." Él le dio esa sonrisa amplia y amigable con él y se inclinó para besarla suavemente.

"Entonces voy a admitir que me gustó, el ardor, el calor y el sentimiento de impotencia," sonrió ella hacia él. "Me sentí como si me hubiera dado una parte de mi ser más que su uso o su abuso. Me sentía como si de confianza que más de lo que cualquier otra persona de confianza."

"¿Te dolió?" Preguntó con curiosidad.

"Por supuesto, pero era una buena herida, más como una cálida y punzante sentimiento," respondió ella. "Con un dolor ocasional agudo, punzante lanzado adentro para la buena suerte."

-Pues bien-le dijo, "porque se nota que lo disfrutó." Miró hacia abajo de sus pantalones, su erección acampaban los usados tela. "¡Dios! Soy duro. A partir de ahora, cuando quiera y donde quiera que quiero pegarle, se le presentara, sin vacilación y sin lugar a dudas. A menos que yo te diga que lucha." Reunió Él la los ojos, "Y no siempre uso mis manos o una cuchara o el. Usted va a ser responsable por ayudarme a encontrar cosas nuevas para usar en tu trasero un cepillo, una pala, lo que sea."

"Recuerden, yo quiero que seas en la búsqueda de cosas que me puede utilizar para vencer a tu trasero. Yo quiero que usted mire en posiciones de que te azotan, las cosas que usted puede inclinarse sobre la que podamos golpear a sucesivamente. También quiero hacer una serie de restricciones que se pueden utilizar para empate para arriba, y encontrar algo que pueda atar a, algo que pondrá su culo en apenas la altura correcta y el ángulo para mí pegarle a usted mientras usted está atado y amordazado. También quiero que empieces a la lectura de libros como La Perla y La historia de O lo que se sentirá como tener una paliza cuando me ven. Así que usted está esperando por mí con el hormigueo a tope, lleno de anticipación y sólo una pequeña pista del miedo. Por último, quiero empezar a escribir nuestra pequeña aventuras para poder leerlos juntos."

"¿Quiere esto decir que quieres ser más servil?" -preguntó ella con curiosidad. "Yo no creo que pueda."

"Diablos, no! Quiero que como luchadora, cabeza dura y tan intratable como que ahora está a excepción de una cosa. Recuerde, me enamoré con su pasión y el espíritu. Sólo quiero esta área uno de presentación. Por lo demás, por favor, nunca cambian."

Le tomó la mano y la sacó de la silla, la llevó a el sofá donde se abrazó y se sentó al lado del otro, hablando en voz baja y sin ganas de ver una película. La besó en el cuello y le acarició el pelo. Metió la mano debajo de su suéter y acarició su pechos grandes.

Después de la película había terminado se volvió hacia él.

"Cariño?" Le miró con timidez. "Mi culo se ha detenido hormigueo. ¿Podría pegarle a mi otra vez? Más difícil?"

"Quítate los pantalones vaqueros a continuación, ir a buscar algo que pueda usar como un paleta." Jerry y se trasladó de nuevo a la silla. Suspiró y fingió actuar renunció. "Parece que es verdad lo que decir, el trabajo de un hombre no está hecho."

Eso fue sólo la primera noche. Lo discutieron un día más tarde y ambos coincidieron en que querían seguir las nalgadas como siempre y cuando eran más lúdico que dolorosa, aunque a veces el dolor era una parte de ella.

Me gusta la noche, cuando, en el centro de ver un aburrido película en la televisión, Jerry se levantó y miró casualmente alrededor casa de Ann. Desapareció durante unos minutos y regresó con algo en sus manos.

"¿Se puede atar sus manos," se preguntó.

"Por supuesto." Ella confiaba en él.

Le ató las manos juntas y, a continuación, sin preguntar, ató una venda sobre los ojos. Él le dijo a ponerse de pie y lo hizo. Él se bajó los pantalones vaqueros y le ordenó que yacía boca abajo en el sofá. Ella obedeció, sabiendo lo que venía y sigue disfrutando los sentimientos de impotencia y desorientación causada por la venda de los ojos y sistema de retención. La paliza no fue especialmente larga y duro, pero fue suficiente para causar las nalgas para conseguir realmente cálido y luminoso de color rosa. Jerry salió de la habitación de nuevo y se fue durante mucho tiempo. A su regreso se sintió una sensación húmeda y fría en su trasero y escuchó un sonido callar, él estaba poniendo batida crema en el culo! Jerry se sentó junto a ella y se zampó toda la crema batida, antes de que él la desató y le dio un chocolate helado.

Terminó el helado. "Dios, que era bueno."

"¿Qué? Las nalgadas o el helado?"

"Tanto mi amor, tanto."

Dios, la página en blanco, comenzando una nueva historia es el infierno, pero algunos Eveready las pilas en el vibrador ole agita algo, (en mi cabeza ... chico, Si eres de mente sucia!) Tengo la suerte de que mi hombre es lo suficientemente fuerte, más y tendría que tipo de pie. Tengo que ser más largas, alguna sugerencia? No, las historias no, pervertidos, que. Bueno, que también.

Ocho

La Bestia: belleza sobre un tronco

Esta es una escena de mi próxima novela El corazón de la Bestia. Es un adulto asumir Bella y la Bestia. No es meramente una paliza novela, sino que tiene varias escenas de azotes. Este es uno de los más escenas grave. Más adelante en este libro, he incluido una de las más escenas humorísticas nalgadas.

Con todo belleza vivía contento con la Bestia. Su única denuncias de que una o dos veces que había conseguido un débil atisbo de lo que verdadera pasión y la ternura puede ser, sólo para tener arrebatado bruscamente. Quería sentir que llegar a su profundidad. Ella quería que profundamente. Ella también perdió su familia y su libertad. Aparte de estas cosas y su dolorosa soledad, La belleza era bastante cómoda.

Estaba aprendiendo a vivir con su compañero accidentado, sin enojar a él. Ella estaba bastante seguro de que la Bestia se nunca hacerle daño. Aproximadamente una semana más tarde, cuando ella se fue con la Bestia en un viaje de caza a corto, se enteró de que estaba equivocada, dolorosamente equivocado.

Belleza se emocionó mientras esperaba fuera de los establos de su montaje que se cargan. No sólo era ganas de andar de nuevo, ya que Hacía años que había estado en un caballo, pero la esperanza se a tener la oportunidad de ver a su hermano Tom y Quizá tienen una rápida hablar con él. La Bestia le trajo un caballo, un suave pero yegua baya espíritu y la ayudó a montar. Los dos hombres que sacó los caballos y los perros no eran conocidos por la belleza. Su hermano Tom estaba por ningún lado. La Bestia era todavía que le impedía cualquier vista o la palabra con su familia. Belleza se tragó su decepción y se gloriaba en la sensación de un caballo debajo de ella, la frescura de la brisa del otoño, y la posibilidad de pasar un día entero de carreras por el bosque. Eran de descuento!

Aunque no llegó a ver a su hermano, belleza todavía emocionado de estar a caballo con la Bestia. Era la primera vez que el Bestia jamás había llevado con él en cualquier lugar, incluso la caza. La belleza no gozaban de la propia caza. Ella nunca había llegado a disfrutar de la vista de animales perseguidos y asesinados. Ella se deleitaba con la belleza del paisaje y la sensación de un caballo debajo de ella, aunque sabía que iba a estar adolorida de las horas de conducción acostumbrados.

La Bestia y algunos de sus soldados fueron la reposición de la castillo de los suministros de carne. Lanzaron los perros a correr por la jabalíes. Usaban lanzas cortas robusto, fácil de trabajar en la espesura del bosque de las lanzas regulares, para matar a cualquiera que sea verracos los perros corriendo hacia abajo. Se vistieron por la pesca del día en el forestales, la salazón parte de la carne, el secado y la cocción de los algunos resto.

La Bestia se enojó por los signos de los cazadores furtivos que se encuentran en el forestales. De pie sobre el cadáver de un venado sacrificado, su temperamento estragos.

"Yo voy a encontrar estos cazadores furtivos y colgarlos!" Que gritó. "Eso le enseñará a la escoria que la caza furtiva en estas bosques es lo mismo que robar a mí."

"Esto me hace preguntarme, mi señor," dijo belleza pensativa, mirando el mal estado se queda con disgusto, "¿por qué ninguno de los aldeanos estar dispuesto a correr el riesgo de la caza furtiva? Lo desesperados que deben que estar dispuestos a enfrentar su ira?"

"¿Te tratan de excusa para la caza furtiva?" Gritó la Bestia en ella. "¿O intenta persuadirme para mostrar el resultado de misericordia para el crimen?"

"Ni Mi señor, me preguntaba, pero lo que les llevó a tomar tal riesgo," reunió belleza los ojos abiertamente. "Tienen que saber lo que pena que pondría sobre el asesinato de su juego."

La Bestia se apartó de belleza sin responder a ella, pero reflexionaba sobre sus palabras de hace mucho tiempo. Sabía muy bien que los aldeanos temían e incluso lo odiaba. Sus preguntas se comió a él. ¿Por qué iban a tomar ese riesgo? La idea vino a él de lo que los riesgos que estaría dispuesto a tomar si se tratara de su familia que se moría de hambre. Él no dijo nada más al respecto, pero se mantuvo la idea en su mente durante varios días.

El desastre golpeó día siguiente! A medida que el pequeño grupo de cazadores se vadeando un río rápido pero poco profundo, uno de los guardias más jóvenes perdidos el control de su caballo y se lanzó. El guardia probablemente podría se han levantado en las aguas poco profundas, pero entre el terror y el peso de la ropa, botas y la espada, no pudo obtener una compra con sus pies. Se retorcía en el agua, entró en pánico e incapaz de nadar. La Bestia saltó de su caballo para rescatar a los muchacho y le entregó su espada pesada para la persona más cercana. Simplemente pasó a ser belleza.

Caballo de belleza fue asustado también, presa del pánico a caballo de la guardia tropezar con ella y los gritos de los hombres. Luchó por mantener a su montaje bajo control, pero su caballo se resbaló en una húmeda rock y casi cayó al suelo. Mientras ella luchó para permanecer sentado y para ayudar a su caballo a recuperar el equilibrio, la espada cayó de su alcance. Ella dio un grito cuando vio caer sobre un pequeño cascada y de lleno en la piscina de una profundidad en el río.

La Bestia estaba empapado y se irrita cuando llevaba a la guardia joven inconsciente a la orilla. Luchó para revivir el hombre, pero sus esfuerzos fueron en vano. La bestia se apartó, frialdad ordenar los otros guardias para enterrar el cuerpo. Él fue sumamente enojado y frustrado. Su ropa estaba pegado a su cuerpo y las mejores botas de cuero fueron destruidos probablemente. Eso fue cuando se dio cuenta que la belleza había dejado caer su espada. Fue el paja final. Fue también entonces cuando se enteró de que la Bestia puede y de hecho le haría daño.

Ella lo descubrió de la manera difícil, inclinándose sobre un tronco hueco en el bosque, desnudo de cintura para abajo con la Bestia con su grueso cinturón de cuero en las nalgas y las piernas sin el menor atisbo de la misericordia. Era la primera vez que nunca le pegó con todo pero la palma de su mano y me dolió mucho.

Hizo caso omiso de sus gritos cuando atacó a su culo rojo en varias ocasiones, cada golpe de su brazo fuerte que causa una roncha o un hematoma. La toda su parte inferior estaba cubierto de rayas rojas y dolorosas manchas moradas.

Lo peor de todo para la belleza, los guardias de la Bestia se encontraban dentro de oído e incluso mientras se retorcía de dolor que ella sabía que escucharon y disfruté cada chasquido y el crack de la banda, cada sollozo y cada gritar.

Por último, la bestia se detuvo y ordenó con frialdad: "Levántate."

Se puso el cinturón de nuevo. Se había terminado. La voz que mandó con ella no admitía la negación o la desobediencia. Belleza tratado de cumplir, pero que era demasiado rígido y dolorido, y demasiado sacudido a su núcleo. Sus piernas le fallaron y cayó a la suelo, llorando abiertamente.

"Deja que a la vez, mujer!" Mandó, pero sin ningún tipo de la ira real detrás de las palabras.

La bestia empezó a llegar hasta su entonces vaciló y se sentó rigidez en el tronco hueco. Él la atrajo a su regazo, ignorando su dolor en la parte inferior mientras él la abrazó suavemente. Ella se aferró a él como ella siguió llorando. Sus sollozos pareció durar para siempre, pero cuando su lágrimas, finalmente comenzó a facilitar la Bestia pasó rápidamente a su posición hasta que ella estaba boca abajo sobre sus rodillas.

Belleza entró en pánico y luchó por el derecho a sí misma, pero en vano. La celebración de su en su lugar con mano de hierro que él le acarició el calor, llamas culo, tocando suavemente los verdugones. Exploró su húmeda la feminidad con los dedos antes de que él retiró su mano para azotar con ella a la ligera picazón, casi azotes suaves.

Por largos momentos que tenía como ella que, alternativamente, acariciándole inferior en caliente, los dedos de su núcleo húmedo y casi suavemente nalgadas ella. Por último, utilizó sus manos para llevarla a las alturas de éxtasis.

Después vino ocupó su cuerpo temblaba hasta las persianas se detuvo, luego la empujó con frialdad de sus rodillas y le ordenó ponerse de pie y enderezar su vestido. A pesar de que estaba temblando con tanto placer y dolor, esta vez hizo lo que le ordenó sin más demora.

Cuando finalmente caminó rígidamente detrás de la bestia como él la llevó de vuelta al campamento, los hombres la miraban y se reían. observaciones crudo flotando hacia ella en el aire fresco de la noche. La Bestia de pronto la recogió y la llevó hacia una pequeña tienda de campaña establecer un ritmo pequeño, aparte de los hombres. Él echó boca abajo en una paleta suave de pieles. Él la agarró por las caderas en sus manos y atrajo aproximadamente a las rodillas. Sin ningún preámbulo o finura le entró, sodomizando a ella como ella gritó de nuevo. Ella jadeó y gritó varias veces, incluso en lo desconocido el dolor.

Ella seguía sollozando mientras rodaba lejos. "¡Eso duele!"

"Es la primera vez, como la virginidad otros," la Bestia murmuró. "Se vuelve más fácil con el tiempo."

"Mi señor?" Preguntó belleza suavemente, "¿Por qué no lo has hecho así antes?"

"Yo prefiero la forma habitual," dijo a la Bestia. "Por lo general sólo lo hacen de esa forma si la mujer desea evitar un embarazo."

"¿Entonces por qué esta noche?" Preguntó con curiosidad belleza.

"Porque yo estaba irritado con usted y me dio la gana," la Bestia le dijo con severidad-.

"Lo siento, mi señor," sollozó, con las manos suavemente sujetando su propio culo. "En verdad, yo no quise disgustar."

"Me agradan?" La Bestia fue una vez más furioso. "Usted cayó mi espada favorita en la parte más profunda del río y crees que estoy disgustado? Estoy mucho más allá de descontento y si no lo sabía entonces tal vez mejor te llevará de vuelta en el registro y agregar a sus refuerzos."

"Si ese es tu deseo Mi señor, espero su placer." Belleza dijo en voz baja, sin dejar de llorar. "Pero yo realmente siento. Voy a nadar para conseguirlo mañana."

"Se puede nadar?" La Bestia sintió que su ira se desvanecen.

Él se sorprendió, porque ninguno de sus hombres sabían nadar. Él fue un nadador pobres sí mismo, como la catástrofe del día resultó.

"Sí mi señor-suspiró con cansancio belleza, haciendo caso omiso de su sorpresa. "Voy a prepararme para otra paliza?"

-No Lass," la Bestia le dijo en voz baja. "Creo que tengo otra el uso de esta noche."

Para su sorpresa se puso un paño húmedo, como lo había hecho en su primer noche juntos y su lavado, calmantes sus partes tiernas. Después de terminó la tarea que procedió a pasar la eternidad de su amor lenta y delicadamente con las manos y la boca, incluso girando sobre ella para besar suavemente verdugones. Se mordió ligeramente su ronda nalgas firmes, a continuación, lamió el lugar lesionado. Finalmente se volvió a su sobre su espalda y bajó su boca a su suave maraña de humedad rizos. Fue un largo tiempo antes de que él entró, y una vez para que se movía lentamente, casi sin prisa en su interior antes de recoger la ritmo. A pesar de sus refuerzos y la ternura, por la primera vez que sentir la plenitud de un clímax con él al llegar a la pico juntos. Uno de los soldados de a pie jóvenes durmiendo cerca la oyó gritar su liberación como llegó a su clímax.

"La sangre de Dios-exclamó el joven. "No es que cada vez va dejar de batir el pobre muchacha?"

Un guardia mayores para dormir cerca se echó a reír abiertamente, "Muchacho, que necesito encontrar a una mujer y rápidamente!"

"¿Me látigo que demasiado duro?" La Bestia preguntó mientras sostenía a su suavemente antes de que se durmió. "Yo estaba enojado y muy frustrado por el la muerte de la guardia que pueda tener una reacción exagerada un poco."

"No es mi lugar de decir, mi señor. De hecho, estoy a su disposición," respondió con calma belleza, pero dentro de su corazón dio un salto como se dio cuenta de que por primera vez la bestia había casi admitió que estaba equivocado y que incluso se acercan a una disculpa. "Haz conmigo lo que quieras."

"Y si me decidí a matar o que a su vez a uno de mis hombres de un juguete?" pidió a la Bestia.

"Es su decisión, mi señor." Belleza mantuvo los ojos bajos, ocultando su rápida chispa de humor de él. "No tengo nada que decir en el la materia."

"¿Qué tal un beso en su lugar?" La Bestia susurró ásperamente, inclinándose hacia ella.

"Si ese es tu deseo, mi señor," sonrió a él, una amplia gama de sonrisa deslumbrante. "Yo busque a obedecer y por favor, usted."

La bestia se detuvo antes de besar a ella, su boca casi tocar sus labios suaves como le susurró en voz baja, "Me encanta la mansedumbre de una mujer, belleza. Es una lástima su mansedumbre es una farsa. ¿Crees que se dejó engañar?"

Ella alzó un brazo delgado y le acarició el pelo largo y sedoso. "Tú no eres tonto, mi señor, y yo luchaba contra cualquier persona que se atrevió a decir que sí."

La Bestia se rió suavemente mientras la besaba. Belleza conoció a su beso de buena gana, respondiendo con una pasión por su cuenta. Todavía era raro que él la besó, luego lo tiró abajo encima de ella, ignorando el dolor en su parte inferior como se hundió de nuevo en el suave lecho de pieles. No presione a su vuelta a las pieles y entrar en ella; Sin embargo, para su asombro, él bajó su boca a sus pechos, mordisqueando ellos antes de que él trazó una línea de besos por sus suaves vientre de la paja o rizos cuidando su feminidad.

Por el momento sólo desde su primera noche juntos, él la llevó a las alturas de éxtasis con un íntimo beso que parecía llenar su alma de alegría sensual.

Esta vez el joven soldado simplemente sacó una manta sobre su cabeza y el caso omiso de sus gritos.

La Bestia llegó para ella como ella dejó de temblar, pero dijo que en voz baja, "No esta vez, mi señor muy bien."

Ella lo empujó suavemente a su espalda y se fue voluntariamente. Él le permiten hacer lo que quería. Apenas podía creer que la profundidad de su emoción, su alegría y su orgullo, cuando regresaba a su íntima un beso. A pesar de que hizo lo que pidió, que era la primera vez que ella había iniciado alguna vez tal acción. Pronto se enteró de lo diferencia que había entre el cumplimiento y entusiasta la participación. Antes dormían, hacían el amor otra vez. Esta vez montaba a horcajadas sobre él, completamente sin sentido en su pasión.

A la mañana siguiente envió la mayoría de los guardias de nuevo a la castillo, dejando sólo dos hombres con ellos. Los dos guardias, cazadores experimentados, se acecho ciervos con sus arcos. La Bestia había sido carne de venado deseo fresco para su mesa. Este día La Bella y la Bestia no cazaban, sino que ellos se detuvieron por el río, descansando y hablando en voz baja. La Bestia, por una vez, le pidió a su opinión sobre varios asuntos de menor importancia antes de llegar a la Lo que había presa de su mente.

"La belleza, si yo, ¿qué haría usted sobre la los cazadores furtivos," preguntó la bestia, se extiende a su lado en la orilla del río.

-No lo sé, mi señor, no para 'tis un problema fácil. Los siervos tiene que tener suficiente para comer, pero el juego debe ser protegida," Belleza sonrió mientras acariciaba de nuevo un mechón de pelo de la cara. "No sólo para su uso, sino garantizar que el juego siempre será abundantes en estos bosques. Algunos de los siervos, no todos, pero algunos tan perezoso que prefiere cazar furtivamente de trabajo en sus explotaciones, mientras que otros son realmente de hambre. Creo que se merecen castigos diferentes a pesar de que el crimen es el mismo."

"Pero debe haber algún castigo?" La Bestia pidió deliberadamente.

"Sí," admitió belleza en contra de su voluntad, "pero los aldeanos debe tener algún tipo de protección contra la muriendo de hambre y sus terribles la pobreza también."

"Voy a pensar en ello." La Bestia de mala gana se levantó y tiró Belleza a sus pies, "Hemos tenido mejor retorno al castillo, estos bosques no son seguros, sin un guardia cerca."

De vuelta a los establos de la Bestia ayudó a desmontar belleza, con vistas a la presencia de su hermano Tom. Ella estaba encantada de ver a su hermano, pero miedo de dejar que sus emociones espectáculo. No por la palabra o un gesto hizo que reconocer su cercanía o su relación. La Bestia ignorado Tom también. De hecho, él habló con Belleza sobre el derecho de los cazadores furtivos 'delante de su hermano.

La entrega de las riendas de su corcel a Tom, dijo, "Creo que voy a iniciar el envío de un pequeño grupo de guardias a patrullar el bosque los cazadores furtivos. No con Gerrin, pero Quizá voy a poner en Gregorio de carga. Él tiene más experiencia. Le diré a salir todos los tercer día y el orden que debe llevar a todos los cazadores furtivos que las capturas de nuevo a mí, aún con vida, a la espera de mi juicio."

Mientras regresaban al castillo de la Bella le susurró a la Bestia, "Mi señor, si usted realmente quiere atrapar a los cazadores furtivos, que No debería haber dejado que Tom escuchar la programación de su patrulla. Él puede advertir a los habitantes del pueblo. Y, ¿por qué se pone a cargo de Gregory cuando Gerrin es mucho más experimentado y despiadado?"

-Porque, mi querido belleza, Gerrin realmente es mucho más feroz," la Bestia sonrió, "y espero que Tom se advierten las aldeanos. ¿Por qué crees que lo dijo delante de él? Yo no soy un tonto."

Silbó cuando entró en el castillo, dejando belleza mirando después de él con la boca abierta.

La Bestia es un hombre temperamental y tortuosa, de corazón duro y difícil de complacer. Me pregunto si va a ser domesticado por la paciencia y belleza pasión? Es un cuento de hadas, así que esperamos que van a vivir felices para siempre. La verdadera pregunta es qué felices para siempre incluyen azotes? Por yo, que lo hace.

Nueve

Kiss My ¿Qué?

¿Quién no ha preguntado en un momento u otro, si dos actores que interpretan ama escenas podría conducir a algo más, algo real y duradera. Oh, yo sé que cada vez que uno de ellos es entrevistado acerca una escena de la película sexy que dicen que es sólo trabajo, no muy divertido y romántica. Bueno, me lo puedo creer. En las escenas más calientes que han personas en todo el lugar, los directores de dar órdenes, iluminación ángulos, el diálogo y las señales de recordar. Pero entonces ¿cuántas veces hemos oído hablar de dos personas haciendo una película, y de repente se divorcian sus respectivos cónyuges y vivir juntos? Incluso se casan otros? Entonces, ¿qué pasaría si dos actores solo haciendo cumplir locales teatro? ¿Podría una escena de amor conducir a algo más? ¿Podría un escena de azotes conducir a un verdadero romance? ¿Por qué no?

Arcilla se despertó antes de lo que su esposa, Sherry. Él no despertarla; él simplemente estaba allí junto a ella y pensó en su vida juntos y cómo se habían conocido. No fue hace tanto tiempo, sólo unos pocos años. Es era difícil de recordar, incluso su vida antes de Jerez.

Ellos eran inseparables ahora, se casó, y los nuevos padres. Ellos también rizado. Ambos eran miembros activos de la paleta Club, al igual que la mayoría de sus amigos. Sonrió para sí mismo en el cada vez la luz del nuevo día. No podía creer lo lejos que había venido desde el día que se conocieron.

Ellos habían sido miembros del Club de Pádel desde hace más de tres años y para los amantes de la cinco. Habían estado juntos por un involuntario casamentero, el director de una obra de teatro musical para la comunidad teatro.

Así es como se conocieron: Cuando tanto la audición para las partes en un musicales que el Teatro de la Comunidad se estaba poniendo. Como se paso, Clay consiguió el protagonista masculino y Jerez de la protagonista femenina. El musical fue Kiss Me Kate, basada muy libremente en William Shakespeare La fierecilla domada.

Ninguno de los dos tenía mucho experiencia en la actuación, pero había dos de ellos buenas voces y que había recibido algún tipo de formación. Jerez fue natural soprano que había tomado clases de canto por un tiempo. Clay había una tenor fuerte, romántico. Había estado en el coro de su Iglesia, y vuelta en el día, en los coros de la escuela a lo largo de su educación.

Los dos estaban haciendo bien en el juego, ya que pidió sobreactuación y dramáticos discursos, no realismo. Trabajaron bien juntos y sentir una atracción instantánea y la química que se dio una agregó empujar a su actuación.

Tenían un problema sin embargo, una escena que nunca parecía salga bien: la escena de los azotes. Nunca me pareció cómico, melodramático o incluso realista. Me parecía aburrida y plana.

El director les pidió que se reúnen después de la práctica y el trabajo en la escena por sí mismos. Sugirió que tratar de que "animan" e incluso "crear una cierta tensión sexual" entre los dos ellos. Ellos tenían la tensión sexual, incluso si el director no lo sabía, por lo que no era el problema. El problema estaba en que uno escena, y que tenía que ver con azotes.

El director había perdido realmente algo, a lo grande! Tenían la química y la tensión sexual, pero tanto la supresión de que por diversas razones. Ella era tímida. Fue acosado en el trabajo y ocupado con la obra. Él planeaba mantenerse en contacto con ella después de la obra cuando tenía más tiempo para conocerla como persona, Kate no la musaraña.

Siguiendo la sugerencia del director se quedaron hasta tarde en la teatro para ensayar la escena un par de veces, pero sin resultados reales, terminaron de salir a cenar juntos. La cena fue lleno de anhelos tácito y el romance, pero en cuanto a la escena? No sirvió de nada. No, en absoluto.

Por último Clayton tuvo una idea descabellada. Pidió a Jerez llegado a su casa para la cena y un ensayo privado. También le dijo que llevar el faldas que usaba para ensayar in. Él tenía un plan que él estaba muy seguro de Jerez no le gustaría. De hecho, había una pequeña sorpresa en el almacén para ella. Sabía que ella ponía loco, Sólo esperaba que no fueran demasiado loco. Realmente quería tener en contacto con ella después de que el show terminó. ¿Quién era él tomando el pelo? Él pensó que la quería en su cama durante mucho tiempo, tal vez para siempre. Ella era perfecta para él. Ella era una chica agradable, pero que parecía mucho demasiado mansos una descripción de ella. Ella fue muy divertido y gracioso, inteligente, dulce, cariñosa y extravagantes. Y, por supuesto, fue una de las más mujeres hermosas que había visto nunca.

Clayton configurar una cámara de vídeo y trabajaron en la escena. La primera vez lo hicieron del mismo modo que siempre había hecho, pero trató de poner más sentimiento en ella. Después se sentaron y vieron la cinta de su práctica.

Observando que, Sherry sonar completamente disgustado dijo, "Sólo no funciona, incluso para un teatro de aficionados. Le falta algo. Es aburrido."

"Vamos a intentarlo de nuevo, tengo una idea," dijo Clay con una sonrisa. "Puede ayuda."

Ellos hicieron la escena de nuevo, sólo que esta vez no le dan una nalgadas falsa sobre sus enaguas de espesor, de encaje. En su lugar, dio un salto las enaguas arriba sobre su espalda y se bajó la ropa interior. Entonces él le dio una paliza muy real, muy duro y muy doloroso a la derecha en su trasero desnudo! Ella chilló y se retorció en su mano descendió en bofetadas fuertes, puntuando su inútil lucha.

Sherry se sorprendió. Nunca había soñado de ser una palmada en la edad adulta por un hombre. Por no hablar de un hombre que soñaba alrededor, un hombre que quería conocer más íntimamente. Ella se alegró de que descubrió lo que un bruto Clayton fue antes de que se demasiado involucrado con él. Luchó y gritó en voz alta. Cuando él la dejó hasta que golpeó duro Clayton, al otro lado de la boca. Hizo caso omiso de la bofetada y la abrazó suavemente, hablando en voz baja a su y su calmarse.

Finalmente, cuando estaba calmado que vieron la cinta de vídeo juntos. Ambos tuvieron que admitirlo: El desempeño fue mejor; tenía la calidad real del director quería. Arcilla lo dijo.

"Eso es porque era imbécil real," al vapor Jerez de él. "Yo no les importa lo bueno que es," le dijo con firmeza, "no hay manera que me van a dar tal paliza duro, y para asegurarse de que no forma en que me van a tener que ir trasero desnudo en el escenario."

"Pero es mejor si realmente te nalgadas, ¿no?" Preguntó Clay razónablemente de esta manera la tranquilidad de la suya.

-Sí, supongo," admitió Sherry, murmurando. "¿Pero tiene que ser tan difícil?"

"Bueno, en realidad era demasiado doloroso," se preguntó, sondeando. "O se sólo sorprendió?"

"Sí, fue doloroso. Pero, por supuesto, era más bien un choque de nada," admitió. "Hubo un poco de dolor real, pero que se perdió rápidamente."

"¿Podría usted lo toma? En el escenario, quiero decir?" Empujó. "Sin va trasero desnudo, por supuesto."

"Claro, por ocho actuaciones, supongo que podría," admitió débilmente.

-Entonces, conseguir un par de pantalones de encaje y puedo golpear a más de ellos," sonrió Clayton. "No voy a pegarle tan duro o el mismo manera cada vez, así que todavía habrá alguna sorpresa y algunos frescura en cada actuación. ¿Qué te parece?"

"Al igual que usted debe jugar Kate." Ella levantó las cejas en él.

"Lo siento, pero no me cabe en el traje", sonrió a ella. "Incluso si lo hiciera, usted verá mucho mejor en ella que yo."

"Creo que deberíamos dejar la bofetada en," bromeó.

"Sorprende a mí." Él le guiñó un ojo en ella.

Se puso de pie y caminó hasta la puerta. Se detuvo en el la puerta de su envolvente en un cálido abrazo y la besó por primera vez vez en la historia, excepto en el escenario. El beso creció rápidamente. Después de ese primer beso que no fue a casa. Se fue directamente a su dormitorio y hacer el amor toda la noche. Estaba agotado en el trabajo del día siguiente pero ha merecido la pena. En el momento en el juego abierto que había a vivir con él y ambos eran de éxtasis juntos. La pasión era real e intensa, pero los tiempos de calma entre las pasión, los momentos cotidianos, eran maravillosas también. Caben, se mezclan y complementan entre sí.

La obra fue un gran éxito. Clayton palmada Sherry noche en el escenario, por lo general no muy duro, pero para la noche de apertura fue implacable. En la noche de clausura, el Jerez tenía una sorpresa para él.

111

A pesar de su nerviosismo, en la noche de cierre que dejó su pantalones de encaje. Clay no se enteró hasta que se volcó a su faldas de la escena. A pesar de la sorpresa que le dio una muy derecha dura paliza que en el escenario, justo en su trasero desnudo! Es Fue un milagro que no son arrestados. Su única gracia salvadora fue el enaguas voluminosa que ocultaba su desnudez. Algunos de los los miembros del público pensaba que había algo ... pero no, por a la última persona, decidieron que debe estar loco. Ellos no, ¿no?

Ninguno de los dos alguna vez realmente admitido incluso a sí mismos lo que estaba pasando, hasta que se llamó la práctica de la nalgadas escena una noche cerca de un mes después de la ejecución de la musical había terminado. Renunciaron a la actuación y se unió a la paleta Club.

Esta es una escena simplemente rápida de mi novela El Club de Padel, a pequeña muestra. La novela ha paliza que van desde la diversión y lúdica a disciplina, tanto con hombres y mujeres batida y tocando fondo. I sobre todo porque lo puso en la película estaba en que yo era la elaboración de este libro.

Si usted nunca ha visto la película Kiss Me Kate, debería hacerlo. La voces son espléndidas. El baile es grande. Y la escena de azotes es ... bueno, la palabra que viene a la mente es lujuriosa. A más largo, más difícil azotes que se muestra en la mayoría de películas comerciales, pero no desnuda parte inferior, por supuesto. Siendo una escena de la película digna pegar, y muchas veces vecinos.

Diez

El azote de la musaraña

¿Qué pasa si la perra que se merece? ¿Y si ella se defiende? ¿Hasta qué punto puede un hombre, incluso un hombre amable, ser empujado? ¿Es esto un autorretrato? ¡Cielos! Espero que no!

El gran golpe, hasta que pasó cuando Sue y Mike se acababa de de vivir juntos durante unas seis semanas. Antes de ese momento se en general, una pareja muy feliz. Estaban muy cerca y apoyo el uno del otro. Ellos compartieron puntos de vista similares, tanto bastante conservador, y tenía intereses compatibles y puntos de vista. Sue amaba a los perros y Mike amaba los caballos, pero ambos eran animales amantes. Eran tiernos y cariñosos con el uno al otro de la cama, y desinhibida y apasionada en la cama. Ambos le gustaba tienen relaciones sexuales con frecuencia y no había ningún tipo de inhibiciones con la otros.

Simplemente parecía encajar a la perfección en muchos aspectos, incluso en su apariencia. Los dos tenían el pelo rojo, aunque la suya era más ligero, en llamas, y el suyo era más rojizo. Los dos tenían brillantes los ojos verdes. Era alto, 6' 3"y muscular. Ella era medio de altura, 5' 4"y bien redondeado, casi regordete. Había saltones bíceps y tenía plena, empujando pechos y un bien redondeado parte inferior.

Hubo una pequeña mosca en la sopa sin embargo. Un pequeño zona en la que Sue y Mike tenía completamente diferente personalidades: Tenían temperamentos completamente diferentes. Sue fue de mal humor, que bien podría ser divertido y muy amoroso, o irritable. Irritable era casi demasiado ligera de la palabra porque, la verdad era, cuando el mal humor se apoderó de ella Sue podría ser una salida plana perra del infierno. No sucede muy a menudo, pero cuando su temperamento estalló mayoría de la gente corrió y se escondió si tenían común sentido en absoluto.

La personalidad de Mike fue el nivel mucho más. Estaba tranquilo y paciente. Nunca parecía estar de mal humor, nunca perdió su paciencia y su sentido de la diversión. En cierto modo, que alimentó de Sue oscuro carácter aún más.

Ambos se preocupaban por los demás muy profundamente y sus diferentes temperamentos que parecía ser un pequeño problema, fácil pasar por alto. A veces incluso parece añadir picante a su relación. Su salvaje fue incluso fuera realizado por su calma, buen humor disposición. La mayoría de las veces que pudo a su vez su mal humor en pasión, de hecho, algunos de los más salvajes del sexo que ha tenido fue cuando tuvo que su romance de uno de sus estados de ánimo negro, o incluso cuando sólo la dejaba en su rabieta. Cuando todo terminó, que la llevaría a la cama y que tendría un maratón sexual que terminó sólo cuando ninguno de los dos podía moverse.

La liberación sexual hizo su mal humor soportable, y que pensaron que tenían el problema bajo control. Una cosa que tanto si se olvidó de que el humor, incluso el bien y la pasión puede sólo van hasta el momento.

La tormenta azotó durante uno de los peores períodos de la perra de Sue la vida, ni siquiera ella lo sabía, pero ella no parecía poder conseguir el control de ella misma. Ella se molesta y recoger a Mike durante todo el día. Ella oyó a sí misma quejándose a Mike y se preguntó a sí misma por qué no sólo se callara.

Por último, Mike fue totalmente exasperado y le preguntó con toda la calma posible, "¿Por qué eres tan perra hoy? ¿Qué puedo hacer Para obtener a relajarse, o al menos que se calle y déjame en paz?"

"No sé lo que me está molestando," admitió que poco a poco. "Todo está en mal estado en el trabajo. Yo no estoy haciendo bien en mi clase más en el colegio. Estoy aterrorizado. Me temo que te estoy perdiendo. Me siento como no puedo hacer nada bien. Me odio cuando estoy así." Se paseaba por la sala de detenerse a mirarlo. "Sé que estoy siendo terrible, pero no puedo evitarlo, cuanto más trato de llevar bajo control, el más fuerte y más desagradable que tengo. Estoy fuera de control. I siento que quiero para aplastar a alguien en la cara o simplemente sentarse aquí y llorar. Pero alguien rompiendo en la cara suena mucho mejor, definitivamente mi primera opción." Ella tomó una respiración profunda y sacudió hacia atrás su largo pelo rojo. "Y yo no creo que haya nada que puede hacer al respecto, ni una maldita cosa."

"Nada," se preguntó suavemente, muy preocupados de ver a su fin malestar.

Ella rompió de repente, las chispas en sus grandes ojos verdes, "¡No! ¡Nada! Si no quieres estar cerca de mí, sólo tiene que ir lo más lejos posible! Basta con echar todo lo que se refieren falsas y obtener el infierno fuera de mi cara! No hay una maldita cosa que puedas decir o hacer que mejoren mi estado de ánimo, lo que acaba de salir y hacer lo que quieras!"

Eso fue todo, ella había ido demasiado lejos!

"Si no me importa lo que hago, yo también podría hacer lo que realmente quiere. Lo que realmente quiero hacer en este minuto es darle una paliza que nunca voy a olvidar!" Fue la primera vez tuvo alguna vez la muestra que incluso tenía un genio.

Metió la mano por ella, con la intención de reforzar la amenaza que había sólo se ha significado para ella sacudir. Al menos eso es lo único que pretende hasta que lo puñetazo en la mandíbula!

La lucha que siguió fue unilateral, porque sólo un lado estaba realmente tratando de herir al otro. El otro lado estaba actuando estrictamente en la defensa. Era más alto y más musculoso, definitivamente mucho más fuerte, pero estaba realmente tratando de infligir daño. Todo lo que él estaba tratando de hacer era someter a ella y evitar ser heridos!

Le sorprendió también de la perforadora en la mandíbula para reaccionar lo más rápido como debía, por lo que logró una falta rápida sobre la espinilla como seguimiento. Él hizo una apropiación de ella y salió con un rasgado pedazo de la blusa de seda, que sólo hizo más furioso. Fue la blusa favorita! Ella ignoró los jirones de tela colgando de sus brazos y trató de rascarse la cara, gruñendo como un zarigüeya heridos.

Trató de razón. "Sue! Stop Fighting! Vamos a sentarnos y hablar."

"Usted dice que quiere darme una paliza que nunca olvidaré y luego dicen que vamos a hablar!" gritó ella. "¿Sobre qué? Dolor? Moretones? ¿Estás loco?"

Un pequeño florero navegó junto a su cabeza, pasando muy cerca a él y se estrelló contra la pared. Fragmentos de cristales rotos y flores esparcidos por el suelo mientras el agua corría por la pared goteo en un pequeño charco en el suelo. Tanto Sue y Mike caso omiso de la goteo lío.

"Yo no lo decía en serio, cariño, sólo estaba tratando de sacudir y te hacen ver como una locura que estaban actuando. Vamos, relájate." Todavía intentó contra viento y marea para mantener su temperamento bajo control.

El vaso fue seguido por un libro, un libro de tapa dura de gran tamaño. Él se agachó y trató de entrar en un abrazo de oso, pero no cuando había para esquivar la rodilla objetivo con una fuerza mortal en su entrepierna. Eso hizo que! Por último, fue muy enojado, no sólo molesto, no sólo exasperado, pero a toda máquina furiosa de una manera que es un hombre cuando amenazado con la castración repentina y dolorosa. La prometida nalgadas no era sólo una amenaza, pronto va a ser una realidad, incluso si lo mataron! Agachó la cabeza y se precipitó en el dormitorio.

"Pollo!" Gritó tras él, y arrojó un zapato.

Salió de la habitación algo escondido en una mano, y había algo más metido en el bolsillo. Él ya se acercó como se atrevió a llegar a ella, entonces se acercó y le cogió la mano cuando intentó abofetear a su rostro. Usó el pantimedias que había escondido en su mano para envolver alrededor de su muñeca. Ella trató de saque de él otra vez, entonces luchaba salvajemente mientras se las arregló para obtener el la manguera colocada alrededor de su otra muñeca. Ató los extremos de la manguera juntos, con fuerza.

Sacó un segundo par de medias de su bolsillo, a continuación, se agachó y se transmitirán ese par alrededor de sus rodillas. Cuando apretar el lazo alrededor de sus piernas, ella perdió el equilibrio y cayó con un ruido sordo en el suelo de madera. Rápidamente, se ató una nudo en el lazo alrededor de sus rodillas.

Ir por ella y tirar por encima del hombro, se dio una palmada su fuerte en el culo antes de que él la llevó al dormitorio y la arrojó sobre la cama. Él consiguió un tercer par de medias de su cajón y le ataron las manos a la cabecera de la cama. Ella por el que se fue hacia abajo. Ella se retorció y luchó y finalmente logró la vuelta.

"Que me up, cabrón!" Gritó, el miedo y la furia mezclada en su de voz.

"Voy a hacer lo que quiera, cuando quiera, usted ha tenido a su manera el tiempo suficiente!" Era tan loco que no podía ver bien. "Cuando se empezó a pelear conmigo, todo lo que realmente quería hacer era confort. Ahora tengo toda la intención de darle nalgadas que me menciona! Y me refiero a que se duele como el infierno!"

Él salió de la habitación, no regresar por lo menos quince minutos.

"¿Ha calmado todavía," se preguntó. El breve descanso se le había dado tiempo para recuperar la calma y que estaba tratando de darle todas las oportunidades para hacer las paces con él.

"Mike, por favor, déjame arriba, estos nudos se me hace daño. Por favor." Ella sonaba mucho mejor, mucho más tranquilo.

Mike no acabava de confiar en ella, a pesar de su intento de parecer cool y recogidos. Él decidió darle una última oportunidad antes de toma la decisión definitiva, para azotar o no para azotar. Para probar su a cabo desató las piernas. Pasó unos segundos frotando cada pierna donde el pantimedias se había envuelto alrededor de él. Sin saberlo a ella, que estaba siendo muy cautelosos, y con razón, como se vio después. A pesar de su cautela que le dio una patada con el pie, en realidad la captura de él en la nariz mientras se sentaba en la cama y se frotó pies. La sangre brotó, consiguiendo en las hojas y en los dos ellos. La sentencia definitiva se hizo, fue sin duda va a obtener el azote prometido. Iba a ser muy difícil nalgadas también.

Mike salió de la habitación. Sue estaba atado todavía alrededor de las rodillas y acostada de espaldas, con las manos aún atadas a la cama de latón. Mike estaba en una misión en busca de una correa o un arma más adecuada. Quería darle una paliza a largo, duro y seguro que no fue va a doler la mano tan mal como se le va a doler el culo!

Miró a varias cosas pero ninguna de ellas parecía correcto. Él algo que quería hacer daño a ella y pica como el infierno, pero sin levantar ronchas. Con la forma en que actuaba, la perra iría a la policía!

Se instaló en algo tan evidente que prácticamente saltó hacia él: una tabla de cortar pequeñas con forma de paleta. Era sólido madera y casi un grosor de media pulgada. Lo golpeó contra uno palma. Hizo un fuerte golpe y se mete donde aterrizó, y que era sólo una pequeña bofetada! En sus nalgas desnudas debe picar y quema como el infierno, sobre todo si se puso un poco de fuerza en los golpes. Con la elección de su arma con firmeza en la mano, entró en la dormitorio.

"Apártate, inteligente-culo, y conseguir que su parte inferior en el aire!" Que ordenó con firmeza.

"Por supuesto que no, hijo de puta!" Enfurecido, que prácticamente escupió la palabras de él.

"Entonces voy a usar esta paleta en sus senos!" Parecía como si significaba que.

Buscó su rostro y vio que era implacable. Después de un largo rato su mejor juicio finalmente ganó el día y ella dio la vuelta, poco a poco y de mala gana. Tenía un par de tijeras en la mano que utiliza para cortar un recorte en su falda, y luego agarró el material en sus manos y la rompió la espalda. Él le cortó la ropa interior, y todo el tiempo que lo mantuvo fuera maldiciones. Empezó a rodar otra vez.

"Su elección, perra, los senos o el culo," dijo en un voz de mando e implacable.

Ella se recostó sobre su estómago. Con la cabeza apoyada en sus manos y una pequeña esquina de la almohada de peluche en su la boca, sacó el resto del material de su ropa arruinada fuera del camino. Ella estaba decidida a no darle la la satisfacción de hacerla gritar o llorar.

"Levanta tus rodillas. Stick que gran culo de los suyos en el aire," ordenó, más para humillarla que por cualquier otra razón.

"No puede ser capaz de dejar de utilizar que en mí," protestó, "pero estoy seguro de que no iba a ponerme en una posición sumisa para ello. Yo no voy a hacer este más fácil para usted en cualquier manera, usted idiota. Y mi culo no es tan grande! Idiota!"

Él fue a buscar un cinturón de cuero grueso de estilo occidental de la armario. "¿Qué prefieres que me utilice para vencer?"

Se volvió el cinturón y la golpeó tan duro como pudo con él lo que la hizo gritar, entonces él le dio un manotazo fuertemente con la paleta.

"Gracias a Dios, este apartamento está bien insonorizado. Todo depende de usted: estaba allí y voy a utilizar el cinturón, o un palo tan grande y hermosa culata hacia arriba y sólo voy a usar la pala." Él le ofreció la sombría elección.

De mala gana que ponerse en la posición deseada, en su rodillas, con sus brazos y la cabeza hacia abajo y su trasero pegado así en el aire. Él golpeó suavemente su parte inferior una vez con el tabla de cortar, entonces levantó y lo dejó caer con un crack rotundo, y comenzó la paliza. Él remaba con golpes fuertes, lentos, cada uno que suena como un tiro, ya que aterrizó en el culo. CRACK! Pasar de un lado a otro, que abarcó el toda la zona de las nalgas. CRACK! CRACK!Incluso se trasladó hasta la parte superior de los muslos.

Ella dio un suspiro ahogado en cada SWAT.CRACK! El impacto de la la paleta causó la carne de su fondo suave para sacudir un poco, y la piel para tener un color rosado brillante, con algunos más oscuros manchas mezcla pulg.

Después de unas tres docenas, una docena en cada mejilla y los que en los muslos, Mike se detuvo y miró a su trasero. Era brillante roja y caliente al tacto, con manchas, pero no mostró signos de real moretones. Se detuvo nalgadas ella y se alejó, dejando a su atado. Ella jadeaba, pero ni siquiera llorar todavía.

"Desátame imbécil estúpido, que ha tenido su diversión," gritó en él cuando salió de la habitación.

"Usted pensó que era divertido?" Él negó con la cabeza.

"Por favor," gritó ella.

Haciendo caso omiso de ella, se fue a la cocina y tiene una bolsa de hielo. Al verlo, pensó por un minuto que era para su trasero dolorido, caliente, hasta que lo utilizó en la nariz con sangre propia.

"Let me up! Hijo de puta!" La visión de él sosteniendo que bolsa de hielo a la nariz fue la gota final. Estaba cansada de ser atado y su trasero estaba dolorido!

"Pero cariño-dijo suavemente," en un tono razonable calma, "me no han terminado mi trabajo. Yo no he terminado de golpear a su trasero." El sonaba como si pensara que ella debe darse cuenta de este hecho. "Le prometí a para darle una paliza que siempre recordaría. Bueno, yo no han comenzado. Estamos casi ciertamente no existe todavía."

Se inclinó para plantar un suave beso en cada mejilla de su rojo vivo culo luego se fue a la sala y se sentó y vieron el partido de fútbol hasta la mitad del tiempo.

A medida que el medio tiempo los informes comenzó suspiró dramáticamente y se arriba, volviendo a la habitación. "Creo que es tiempo para la segunda parte. Un el trabajo del hombre no está hecho. Lo de siempre, conseguir que hagan tope."

Esta vez se incorporó a la posición de rodillas sin una palabra de protesta. Él comenzó a castigar a su vez, más y más duro, más rápido también. Cubriendo la misma superficie que tenía antes, remando su trasero de nuevo. Esta vez le dio dos docenas de sólidos huele a cada lado, una docena de lleno en cada muslo. Se quedó sin aliento cada tiempo la paleta aterrizó en su fondo blando, de color rojo. Los últimos cuatro golpes en cada mejilla eran explosivos, mucho más difícil todavía. CRACK! CRACK! Los gritos de asombro se convirtió en gritos agudos. CRACK! CRACK!

Una vez más, descansó. Se sentó a su lado en la cama y suavemente pasó la mano por el culo rojo, caliente, moretones comenzaban a espectáculo. Esto va así, pensó, no se toma demasiado más tiempo para su descanso. Tenía que pegarle a un punto de presentación o de lo contrario habría ganado. Instintivamente sabía que si ganaba, iba a ser aún más cruel que antes. Ella haría su vida en un infierno. Él le dio un total de media hora al descanso, al que preocuparse antes de entrar en la habitación de nuevo.

"Trasero listo, rojo?-Le preguntó en un ambiente agradable, de conversación tono. "Vamos a ver, primero que le dio una docena de cada lado, a continuación, dos. Supongo que ahora debería ser de tres docenas. ¿Suena todo derecho a la verdad?"

Ella comenzó a maldecir de nuevo, pero se detuvo al bucle una bufanda alrededor de su garganta y lo consiguió en la posición frente a la boca.

"Abre." Ella se negó. "Vamos, querida, o voy a usar el cinturón en el culo."

Ella obedeció y empató la mordaza. Fue un alivio bendito. Con el hueco de un dedo le hizo un gesto para que ella consiga a su posición, y le dio las tres docenas en cada mejilla. Ellos eran más difíciles aún y espaciados de modo que cada grieta de la pared era un por separado la tortura, prolongando la agonía. Ella estaba llorando, casi asfixia, por detrás de la mordaza. Por último, tuvo su llanto.

Él le dijo de una manera muy agradable, "Espero que no mente, pero creo que vamos a esperar hasta que el partido de fútbol ha terminado antes de vamos por cuatro docenas en cada mejilla. Quiero que el dolor de esta sesión de poco tener un montón de tiempo para hundirse en la pared antes de que nada más."

Él acababa de sentarse a ver la segunda mitad del juego cuando sonó el timbre. Entró en el dormitorio antes de que contestó ella.

"Si usted hace un sonido o si lo hace nada para que todo aquel que va a ser sospechosa, habrá una recuperación de la inversión que nunca olvidar," le advirtió. "Voy a hacer esta sesión parecer un poco niño jugar."

Él abrió la puerta. El visitante resultó ser Ernie, el vecino de al lado.

"Hola Mike, ¿estás viendo el partido," preguntó Ernie, que entra. "Mi televisor va a salir."

"Adelante, Ernie," Mike sonrió. "Veo que trajo cerveza."

"Pensé que si usted le ha proporcionado la televisión, que podría traer la cerveza," Ernie sonrió. "¿Dónde está Susana?"

"Ella no puede ver el partido con nosotros," Mike le dijo en serio. "Ella está atada en la actualidad."

"Charlatán." La expresión hizo Ernie sonido de mediana edad como un surfista.

Los dos hombres vieron como su equipo favorito derrotó al visitantes. Cuando el juego había terminado, Mike hizo su excusas para deshacerse de Ernie.

"Me gustaría pedirle que permanezca, Ernie, pero tengo que ayudar a Sue con algo," dijo con una sonrisa. "Y usted sabe que va a hacer mi vida en un infierno si no lo hacen."

"Eso está bien, Mike," dijo Ernie hombre a hombre. "Si salgo de su colgantes, las lágrimas Maude un pedazo de mi piel, déjame decirte."

Mike dejó escapar Ernie, pues, fiel a su palabra, volvió a entrar en el dormitorio, una vez más la paleta en la mano. Ella todavía estaba llorar.

Se quitó la mordaza y le preguntó muy amablemente: "Bueno caliente mejillas, usted está listo para cuatro docenas en cada lado?"

Sin decir una palabra, ella se incorporó sobre sus rodillas y metió la culo en el aire. Cogió la pala y lo dejó caer tan duro como podía posiblemente en su ardiente culo rojo, caliente. CRACK! Finalmente, se ha perdido. Ella comenzó a llorar y trató de decir algo, luchando duro para conseguir las palabras entre sollozos: "Por favor ... Por favor ... Lo siento ... N ... No más ... Lo siento ... Por favor ... Lo sentimos ... Perra ... Merecido ... Por favor ... Lo siento ...-sollozó, luchando por salir las palabras.

Él trajo la paleta hacia abajo en la mejilla otros igual de duro. Él le dio otros tres golpes duros escozor en cada mejilla.

"Para terminar si fuera poco," dijo en voz baja, a continuación, salió de la habitación.

Al poco rato, ella lo llamó, todavía sollozando. "Mike, ¿puedo obtener hasta? Tengo que ir al baño!"

"Así que espere, y si se orinan en la cama, voy a repetir la maldición del conjunto cosa." El buen chico había desaparecido por completo y no había ni rastro de simpatía en su hielo, voz de mando.

Dentro de poco se veía en el de ella y vio que ella tenía, por suerte, aparte de la roncha largo solitario causada por el golpe de el cinturón, sólo algunas contusiones y algunas manchas rojas que se ya la decoloración. Él le desató y salió corriendo para el baño. Como pronto como se cerró la puerta del baño se coloca una silla bajo la pomo de la puerta, cerradura en su interior. La dejó allí durante dos horas. Cuando por fin abrió la puerta, que había recogido todos los signos de la ropa en ruinas y los escombros y vidrios rotos de su lucha.

Estaba sentado en la cama cuando ella salió. Él la miró y dijo con calma, "Vístete y embalado conseguir. ¡Fuera de mi casa. ¡Fuera de mi vida!"

"DIOS! Mike no! ¡Te quiero!" Sollozó mientras se redujo a el suelo en un montón. "Por favor no me echen."

"Entonces usted tiene que cambiar su forma. Hacer lo que sea, vaya a un psiquiatra o un médico brujo, o su sacerdote, o cualquier otra cosa. Pero usted debe cambiar sus maneras." Él se mantuvo firme, sin dejar lugar a dudas que quería decir exactamente lo que dijo.

Ella lo miró con una sonrisa tímida, las lágrimas rodaban por sus las mejillas. "No se me acaba de llegar hacia fuera y te pido que me azotan la próxima vez?"

"Sería mejor que romper la nariz o tratar de echarme en las joyas de la familia," él le dio una sonrisa triste. "Puede ser que quieres hacer el amor de nuevo algún día. En este momento parece dudoso para mí pero cualquier cosa es posible."

"No me gustaría para deshabilitar el gadget útil, tengo un uso por ello muy pronto." Miró a él, "Tengo una pregunta. Por favor, recuerde que es puramente hipotético y no una amenaza. ¿Qué pasa si ir a la policía?"

"Mírate en el espejo. Yo no te herirá mucho y te están Casi ni rojo. Con una pala, que yo sé muy bien de cuando yo era un niño, se necesita una gran cantidad de magulladuras. No eres más que apenas de color rojo y que está caliente, sin embargo el culo se enfríe antes. Además, se Estás seguro que quieres mostrar el resultado de la UM, se lo llame a la evidencia que a la policía?"

"No." Ella tomó su mano y la besó. "Sólo quiero ir a cama, como usted acaba de decir que estoy caliente, no sólo en mi culo, todo."

"No estoy seguro de que quiero volver a tocar otra vez y ahora estás caliente, muy bien." Él era rígidamente sarcástico.

"¿Seguro que no quieres que me toque otra vez?" Preguntó astutamente, mirando a su erección. "¿O es que se activan por remando mi culo? ¿Podría ser que usted es sólo un poco de vergüenza por reacción obvia de su cuerpo para su exhibición machista de la primitiva violencia de los hombres?"

"Podría ser que haya disfrutado el dolor? ¿Es usted un masoquista?" regresó.

"Yo odiaba el dolor, pero por alguna razón, me sentí como si lo necesitara. I necesarios para ser dominado. Que tenía que ser castigado. Sé que empujado en él, y no entiendo por qué lo hice." Ella respiró profundamente. "Sólo sé que Te amo y quiero que en este momento. Estoy caliente como el infierno."

Se acercó a pie justo en frente de ella y llegó a alrededor de su apropiación de las nalgas más o menos con las dos manos, apretando casi salvajemente. Él la besó profundamente y miró a los ojos.

"Te quiero y me temo que se va a perder. Sigo diciendo que necesita asesoramiento, y la necesitamos juntos," explica Mike. "No porque le gustaría ser una palmada de vez en cuando, sino porque la forma en que fue la hora de expresar ese deseo me empujó más allá de un nalgadas a poco en la violencia real. El tipo de violencia que podrían ya sea escalar o romper hasta nosotros. Yo no sabía que tenía ese tipo de la violencia en mí, y me sorprendo. "Él la besó de nuevo y levantó en sus brazos, su respaldo contra la pared y de alguna manera gestión para descomprimir los pantalones antes de entrar en ella.

Él la cogió de pie, golpeando su cabeza contra la pared con la fuerza de sus golpes y sus manos grandes y fuertes con fuerza agarrando las nalgas de sensación pulsátil. Por último, escalonada a lo largo y dejó caer sobre la cama.

Mike se quitó la ropa y se unió a ella rápidamente. Se deslizó en ella otra vez, sin ningún preámbulo y hacían el amor con una pasión e intensidad que sorprendió a los dos. Mike era por lo general un amante apasionado y tierno, pero esta vez fue contundente, empujando a su calor de terciopelo y otra vez. Él fue totalmente consciente del dolor de sus golpes duro debe ser la causa de su culo caliente, tierno, pero el único pensamiento le excitaba aún más.

Sue sintió el dolor de los azotes y para ella también era una agregó emoción, una sensación extra. Subieron constantemente hacia la punta y aflojó en el último momento del tiempo, y el tiempo otra vez. Cuando ambos estuvieron de acuerdo sin ningún pensamiento o coherente palabras a la cresta del pico, que se quedaron sin aliento y temblando de la fuerza de sus orgasmos para compartir, perfecta. Pusieron allí respirando pesadamente y mojado de sudor.

Sue finalmente habló acerca de los demonios que estaban a su conducción. "Mike Sé que he sido siempre malhumorado y temperamental, pero últimamente hay algo más, algo me molesta que no me entiendo muy bien. No estoy tratando de ocultar nada de ti, pero todo lo que ha ocurrido tan rápido y ha sido tan feo y indefinido que tengo miedo. La cosa es que no estoy seguro de lo que es que me da miedo." Ella lo besó profundamente. "Lo que estoy seguros es de que mi problema no es usted. Yo realmente te amo."

"¿Qué crees que la raíz del problema?" Él tomó su en sus brazos suavemente.

"He perdido todo el mundo me ha gustado. Creo que, tal vez, que estoy miedo de ser en el amor, para ser tan feliz. Siento que cuanto más lo necesitan usted, más me quiero alejar. No tiene sentido, incluso a mí, pero creo que hay algo allí," sonrió con voz temblorosa. "Creo que tengo tanto miedo de perder lo que te estoy presionando lejos de acabar de una vez."

"Es curioso cómo funciona la mente humana. Usted me está empujando lejos porque tiene miedo voy a dejar de todos modos, no es tan extraño?" reflexionó.

"Tal vez sea porque me siento tan dependiente de que algo en lo más profundo oculto está listo a la superficie." Ella lo besó.

"Lo sabremos mañana juntos de inicio, pero creo que debe dejar el tema hasta que han empezado a funcionar con un terapeuta." Él se detuvo encima de él, suavemente agarre su todavía tierna trasero. "Necesitamos esta noche para complacer a los demás."

La magia comenzó otra vez y se quedaron allí en la cama, agradable uno al otro hasta que ambos fueron llevados a cabo por completo. Ellos descubierto algo: un dolor de culo no te molesta mucho, cuando no estás haciendo el amor.

Bueno que me sorprendió, realmente es un autorretrato, pero en realidad exagerada. No se lucha muy bien. Mi amante es muy agradecidos por ese hecho, y así es su nariz.

Once

La Bestia: Belleza En El Granero

Otro fragmento de mi novela: El corazón de la Bestia. Un nuevo asumir Bella y la Bestia, es una novela romántica, no una pura novela de nalgadas, pero tiene varias escenas de azotes. De alguna manera, no creo que nunca se convertirá en una película para niños. En esta escena, el Bestia es inquieto y ha enviado para que una mujer se lo trajeran de de la ciudad. Me pregunto por qué belleza se molesta en eso?

La criada, Gwyneth, hizo lo mejor que pudo con la mujer atado a la cama del amo. Ella se puso a rasgar la mujer ropa, la limpieza de la mujer y prepararla para la Bestia pero desaprobó la situación. Gwyneth no tenía palabras para digo belleza cuando entró en la recámara y vio la chica desnuda atada a la cama, están preparando para la llegada de la Bestia. Así que ella acaba de dar una mirada triste belleza y abandonó la habitación, de forma rápida y en silencio.

Belleza resultó herido y aturdido de ver a la chica en la cama y casi tanto miedo como la mujer fue atada y amordazada. Ella había No se ha admitido a sí misma que se preocupaba por la bestia, sin embargo, este presencia de la mujer se sintió como una daga en su corazón. Apenas había tiempo para reaccionar cuando la Bestia caminó pulg.

La Bestia fue realmente confundido por la reacción de la Bella. En primer lugar y lugar, que resultó herido como si hubiera traicionado a ella, a pesar de que hubo votos matrimoniales entre ellos y nunca lo sería. A continuación, hubo la ira hirviendo justo debajo de la superficie como si estaban a punto de explotar. Ella se quedó mirándolo fijamente durante varios minutos, sin decir una palabra. Sus ojos se le habla por su y que lo decía todo. Por último, pidió a la bestia en un muy voz fría y formal rígida si podía dejar el castillo y regresar a su casa.

"¿Pero por qué belleza?" La Bestia preguntó desconcertado por completo. "¿Por qué te quiero romper tu promesa? ¿Por qué quieres dejarme?"

"Yo no me quedo aquí a ver que continuar con otra mujer!" genio de la Bella encendió rápidamente, pero ella luchó para aferrarse a ella.

"¿Por qué?" La pregunta era bajo y de mal agüero. "Lo que se hace importa si la cama con otra mujer? Recuerde, usted no me casaron, usted se vendió a mí por la vida de su hermano. Usted no es mi esposa, en verdad casarse ante Dios. Usted está a sólo una posesión, como mi halcón o el caballo. ¿Con qué derecho tiene usted algo que decir en lo que hacer? ¿Por qué te importa?"

"¡Idiota! Usted sarnosos actual de un hombre!-Le espetó el control de la Bella por completo. "Yo no soy una espada o un caballo. Yo soy una mujer que hizo lo que tenía que hacer para salvar a su hermano. Ningún hombre es mi dueño. Y nadie me utiliza a continuación, va de compartir mi cama para dormir con otra mujer, ni siquiera la poderosa bestia!"

Ella le dio una palmada fuerte en la cara y pisó fuerte en su pie, luego se retiró la pierna para patear la espinilla, su mano que para el pequeño puñal que llevaba en la cintura, antes de que ella se dio cuenta de lo que que había hecho. Ella había atacado a la bestia!

Ambos se quedaron atónitos y se sorprendió por un largo momento antes, con un grito agudo, Belleza recogió sus faldas y salió corriendo. Ella lo hizo por las escaleras y en la gran sala antes de la Bestia seguido con rabia. Corrió, la captura de belleza sólo fuera de la gran puerta de madera.

Tan pronto como Gwyneth vi a la bestia siga belleza tomó alguna iniciativa para una de las pocas veces en su vida. Sonriendo, ella subió las escaleras y se desató la mujer indefensa. Ella le dio unos cuantos monedas y la envió de vuelta al pueblo con Seth para acompañar ella.

Furiosa, la Bestia arrastrado belleza patadas, puñetazos y maldiciendo a él, en los establos y la tiró en la paja. Ella lo miró y le reprendió con palabras que se sorprendido al escuchar la caída de sus labios.De hecho, se sorprendió al saber que ella ni siquiera sabía la letra, a pesar de que ellos utilizan a menudo a sí mismo. De pie sobre ella, llegó por su banda.

"¡No!" La belleza se declaró, con lágrimas en su rostro. "Usted prometido, no el cinturón, no nunca más!"

La Bestia le dio un poderoso rugido de frustración ante su feroz la ira le dejó. Mirando hacia abajo en la belleza, se acordó de su promesa. Pocos lo llamaría un hombre honorable, pero cuando hizo un voto, se lo guardó. Con un esfuerzo considerable, casi de manera visible esfuerzo, se calmó y pensó por un momento. Él pronto se dio cuenta que estaba celosa de la belleza de la mujer de pueblo y se convirtió secretamente complacido por la reacción de belleza de la doncella.

Una racha diabólica largo abandonada y casi olvidada tomó la lugar de su ira. La reducción de sí mismo a la paja limpia y fresca junto a ella, él la tiró encima de su regazo, puso otra vez, levantó la faldas y empezó a pegarle a la ligera y juguetona, y hacerle cosquillas. Él cubrió la parte inferior con palmadas fuertes, sin una picadura el exceso de la fuerza detrás de ellos.

La paliza fue un juego más amor que el odio, por lo que no fue muy duras. Sin embargo, trasero desnudo de la bella empezó a ruborizarse un adquieran una coloración rosa. Se inclinó para cortar una mejilla rosada. Ella -gritó con enojo a él, patadas y llamándole nombres como ella luchó para liberarse.

Mientras luchaba, ella tiene su boca llena de paja y ella tuvo que escupir en una manera muy poco femenino a fin de continuar le reprenden. De pronto, el que lucha, gritando y maldiciendo, no mencionar el sonido inconfundible de bofetadas conectar con desnudos la piel, señaló un observador. Tom belleza hermano estaba trabajando en los establos, como lo había hecho desde belleza había en el castillo.

"Lo que están haciendo a mi hermana?" Gritó Tom, su amor por Belleza superar su sentido común y se cegó a su el miedo y el odio de la Bestia.

"¿Qué aspecto tiene?" La bestia gritó mientras seguía golpear a belleza, de hecho, las bofetadas se convirtió en un poco más difícil ahora que había un testigo. "Este marimacho realidad tuvo el descaro de me parecen! Incluso llamó su daga de mí!"

"La belleza! Se golpeó la Bestia? Lo amenazó con su puñal? ¿Estás loco? Podría haber colgado que para eso!" Tom dieron una sacudida eléctrica a la base.

"Se lo merecía!" Gritó belleza. "Una cosa era cuando sólo me dijo que estaba pensando en otra mujer a su cama. Pensé que estaba enojado entonces, pero ahora ... ahora, realmente, tiene prostituta en el dormitorio desnudado y atado a la cama. Ahora sé lo que la ira es real!"

"Belleza," fue Tom aún más sorprendido. "¿Eres celoso? Es posible? ¿Has venido para cuidar de él tanto? Ha ¿Ha olvidado quién es él?"

"¡Necio! Usted, como es tonto como él!" Belleza sin aliento como la inteligente nalgadas continuó. "Celoso de la Bestia! ¿Cómo podría yo estar celoso? Este patán piensa que soy sólo un poder como el suyo caballo o su perro."

"Más como una perra," dijo la Bestia o menos, permanecer a su lado para un momento, como le preguntó: "¿Sois chica celosa?"

"¡No!" Belleza escupió la respuesta.

"Si eres?" Bajó la voz ominosa y azotar la continuación, de hecho sus manos cayó un poco más rápido y más duro.

"Dolt! ¡Idiota!" Gritó ella, todavía retorciéndose y luchando para conseguir de distancia. "Bastard!"

"¿Estás celoso de mí, muchacha?" Su tono fue implacable como él perdido un poco más difícil todavía.

Belleza dejaban de retorcerse y volvió la cabeza para mirar hacia atrás la Bestia. "Por favor, mi señor. No estoy celoso de ti. ¿Cómo podría ser? En sus propias palabras, sólo soy una posesión, como su caballo. Es su caballo celoso cuando usted monta otro?"

"¿Desde cuándo ha sido mi caballo tan difícil llevarse bien con la mayor que son, y me ha dado problemas la forma de hacer?" la Bestia reflexionó en voz alta, riendo. "Quizá hay alguna diferencia entre usted y mi caballo. Voy a admitir que está mucho más divertido de conducir."

La paliza se detuvo abruptamente.

Hubo un largo momento en el que no se hablaba antes de la Bestia en voz baja dijo: "Déjanos, Tom."

Cuando Tom vaciló, la Bestia repitió con más firmeza, "Su hermana está bien, hombre. Ahora ve. Deja nosotros!"

Tom se detuvo para echar un vistazo rápido en el fondo rojo de la Bella. "Tiene razón mi señor. Yo mismo solía golpear a su más duro que el cuando era un niño rebelde."

"¡Traidor!" Gruñó belleza. "Los hombres!"

"Como se puede ver a Tom, ella sigue siendo rebelde, a pesar de que hay infantil." La Bestia sonrió a Tom, algo que nunca había hecho antes, en silencio repetir una tercera vez, "Deja nosotros."

Tom encontró con los ojos de la bestia y por primera vez en el tiempo que recordaba, sentía algo de esperanza para el futuro de la Bella. Había un ligera facilitación del odio en el corazón de Tom, una reducción pequeña de su sed de venganza. Una sonrisa tenue pasado entre los dos los hombres. Fue el más mínimo indicio de una tregua entre ellos. La reconocimiento universal y atemporal en medio de los hombres en todo el mundo acerca de los caprichos de la naturaleza de la mujer. Un macho aceptar en silencio con otro más de los problemas causados por una mujer. Sin otra palabra Tom se volvió y salió, cerrando la granero puerta detrás de él.

Tan pronto como Tom izquierda, la Bella Bestia rodó más. Ignoró su suave aliento como su fondo de licitación se encuentran la paja en bruto. Él agarró las dos manos en uno de sus brazos y la abrazó más con la cabeza.

Él sonrió y bajó su boca a la de ella susurra suavemente, "¿Es cierto muchacha? Sois celoso? ¿Has venido a la atención tanto para mí?"

"Por supuesto que no, idiota," dijo belleza en voz muy baja, pero sus ojos eran suaves y medio cerrado, su aliento se acercaba lentamente, y hubo un atisbo de jugar sonrisa en los labios.

"Mentiroso Little," susurró la Bestia, sonriendo cuando llegó a su y su recogida en los brazos, la besó suavemente y comenzó a quitarse la ropa. "Pensé que estabas siempre sincero."

Ella conoció a su pasión con la necesidad de su propio juego beso besar y acariciar de caricia. Jugó con ella con la boca y las manos antes de empujar su virilidad profundamente en ella y llevar ella a un clímax furioso.

"Parece que hay otra diferencia entre usted y mi caballo," reflexionó en voz alta la Bestia, las burlas de belleza. "Mi caballo no obtener tanto placer de ser montado como parece."

"I, pero fingir placer para impulsar la frágil ego Mi señor," la belleza dijo remilgadamente.

"Fingida?" La Bestia bromas en voz baja. "Es poco el hombre."

"Yo era muy hambriento," la belleza dijo con severidad, sus párpados casi cerrada. -Es largo el tiempo pasado para la comida del mediodía."

Esas fueron las últimas palabras coherentes, dijo durante un muy largo tiempo como la bestia se la llevó una vez más. Más tarde, todavía acostado en el heno, Belleza acurrucó contento en sus brazos.

"¿Por qué es que cada vez que uno de nosotros se pone celoso," que caso omiso de su resoplido burlón y continuó: "Yo soy el que siempre termina con un fondo de dolor?"

"Esa es la forma de las cosas, belleza," sonrió la Bestia, las burlas ella. "Por suerte para mí."

La pareja puso su ropa y se dirigieron de nuevo a la castillo. Frente en alto, que pasó junto a varios soldados que cuenta de la suciedad y la paja se pegue al rasgado de seda azul de la Bella vestido y la camisa de la Bestia y la manguera. Pasaron funcionarios que señaló los trozos de paja en el cabello y sus sucios caras. Se dirigieron hacia las escaleras y directamente a la alcoba. Ni uno de ellos notó la ausencia de la mujer que había sido atado a la cama. La Bestia ordenó Gwyneth enviar a sus cena y agua del baño caliente hasta el dormitorio tan pronto como sea posible. Él quería que este tiempo en privado con belleza a seguir.

Pronto se apretó en la tina de bronce juntos, enjabonado entre sí. Una gran bandeja de comida fue puesto a su alcance. No era pollo asado, melocotones confitados, pan, queso y finas de color rojo vino.

"Mi señor?" Belleza aventuró tímidamente, con una rodaja de durazno a la boca. "¿Por qué está interesado en cualquier otro mujer? ¿Qué me falta? No puedo hacer cualquier cosa que usted pide? Am Yo no se ajusten a sus deseos?"

Él le dio un mordisco y se sirvió una copa de vino sola, bebiendo de él mismo antes de la celebración que hasta sus labios.

"La belleza, que en realidad hacen todo lo que pedimos, y que muy susceptibles. Eso puede ser parte del problema. Si usted va a ser lo cumple, usted puede empezar a aburrirme." La Bestia miró La Bella y la demanda, sólo en parte broma, "¿Dónde está la mujer que se puso de pie para mí a pesar de su miedo evidente y negociado para la vida de su hermano?"

"¿No me romper el acuerdo si quibbled con usted y sostuvo todo el tiempo?" belleza preguntó ella se acercó y arrancó una pierna de pollo.

"Usted estuvo de acuerdo que me ame y para hacer todo lo que pidió. Diciéndome sus verdaderos sentimientos sobre las cosas no se rompa el acuerdo. No crees que las esposas que aman a sus maridos nunca hablar de nuevo?" la Bestia preguntó, tomando la pierna de pollo de ella y comer a sí mismo.

En silencio se arrancó la otra pierna y se la fuera de su alcance como se lo comió rápidamente.

"¿Quieres que hable con usted? Para luchar con usted?" Belleza preguntó tan pronto como se traga la comida, asombrado el núcleo.

-No, pero quiero su honestidad y no creo que lo tengo todavía. Se me hace desconfiar de usted, "la Bestia le dijo, tendiéndole la copa de vino.

"¿Crees que soy desleal? He hecho todo lo que pidió sin lugar a dudas. ¿Qué más puedo hacer?" La belleza era confundido como ella tomó un sorbo de vino.

"Ustedes entienden mal, muchacha. Sé que usted esté completamente leales para mí. Pero también quiero que seas fiel a ti mismo al mismo tiempo que sirve mí. Vi el verdadero una vez, aterrorizada y suplicando, pero aún quedó cara a cara conmigo y esperaba de mí. Me gustaría ver que la chica de nuevo," la Bestia miró.

"¿En serio?" Era la voz de la Bella engañosamente suave. "¿Cómo podría llevar a cabo esa chica inocente, con una mente propia y sólo apenas el suficiente valor para decir lo que la pieza? ¿Cómo, te pido, cuando cada vez que estoy de acuerdo con usted o disgustar a usted de ninguna manera pequeña, viento a lo largo de sus rodillas con un fondo de picadura?"

"Y probablemente siempre será," sonrió abiertamente la Bestia antes de llegar a un mendrugo de pan.

"¿Por qué?" Desconcertado belleza.

-Porque me gusta que hacerse cargo de mis rodillas. Me gusta nalgadas usted y lo que se retuercen. Me encanta ver el color de entrar en sus mejillas y sentir el calor en mi mano ha sido," la Bestia sonrió mirando el color aparecido en sus mejillas. "No haciendo daño, fíjate, pero jugar con usted."

"Ah, sí? A veces su juego es inteligente y pican un poco," Belleza dijo en voz baja, deseando que no se ruborizaba.

"A veces realmente me estoy castigando, ya veces mi temperamento se aleja de mí," admitió la Bestia. "Sin embargo, si usted quieren mantener mi interés que tendrá que encontrar una manera de hacer frente a yo de vez en cuando."

"O," preguntó ella con serena dignidad.

"O te voy a enviar a casa." La voz de la Bestia era engañosamente constante y firme.

A pesar de que fue entregado en una voz plana, la calma se trataba de un vacío amenaza. La bestia nunca enviaría belleza de distancia y, aunque no lo había admitido, sin embargo, incluso a sí mismos, ambos lo sabían. Por ahora la bestia había olvidado el juramento que había forzado a salir de la Belleza. El juramento de que nunca fue a ver a su familia.

De repente, estalló en cólera belleza magnífica, sacude el Bestia. "Ahora si que no es como un hombre! Si hago lo que quiero, Estoy muy aburrido. Si yo sostengo, que son castigados. Luego, para colmo, si te llevó, me lo envían a casa a ver a la familia que amo mucho que estaba dispuesto a morir para salvar a uno de ellos. ¡Qué estúpido amenaza! Sólo un hombre podía ser tan tonto! Si yo sostengo y recibe castigado, no sólo pierdo la esperanza de ver a mi familia, pero me También tengo que quedarme aquí con ustedes! Y ¿qué has hecho para me dan ganas de estar con usted de todos modos? Amenazan a mí? Azotar yo? Violación mí? Utilice mí como el siervo más bajo? Yo que te pierdas todos los que si me iba de nuevo a mi amada familia, no lo haría?"

Ella bebió profundamente de la copa de vino antes de verter más y derribo que tambíen.

Asustada, la bestia respondió con una rabia de los suyos. "¿Qué he hecho yo para que te quieres quedar? Te he tratado mejor de lo que tiene cualquier mujer de antes. Sus tareas son pocos y fácil. Sus golpes no son graves en todo, estoy casi suave con que."

Sus ojos se estrecharon ominosamente como ella soltó un bufido. "Trato de darle todo el amor que puedo. ¿Qué más quieres?"

"Quiero que el derecho a estar en desacuerdo con usted, incluso discutir. Quiero risas compartir con usted y le ofrece consuelo cuando las cosas no son va bien para usted. Quiero lo que te ofrecen. Quiero tu cariño cuando hacemos el amor tanto como su pasión. Quiero tener la libertad de ver a mi familia y para confiar en que volverá a vosotros." Belleza pausa antes de continuar suavemente, "Y yo quiero dos más cosas: quiero saber lo que sucedió para dejar a la chica con nombre Molly paralizado y embarazada ..."

"¿Y?-Gruñó la bestia humilde.

"Y yo quiero saber qué sería de mí y el niño si yo fuera a ser con el niño," La belleza susurró en voz baja.

"Esa es una lista de deseos, mi amor." Intentado dos de ellos ignorar el uso de la palabra, a pesar de que era la primera vez que nunca se dirigió a ella con tanto cariño. Aparentemente, sólo una breve el parpadeo de un choque en los ojos reconoció que la belleza había incluso oído. Interiormente su corazón amenazó con golpear a su salida de su pecho.

Por último, la Bestia se recuperó de su sorpresa propia y continuó, "No sé lo que haría si estuviera con el niño. Si había nada de sangre noble, que podría casarme contigo para que el niño sería mi heredero."

"¿Qué?" Belleza casi gritó.

Ella se sorprendió por lo que dejó caer la copa en la enfriamiento rápido de agua de la bañera.

"¿Por qué no? No tengo ningún deseo de atarme a ninguna mujer, pero me se necesita un heredero. Una mujer es tan buena como la otra," la Bestia se encogió de hombros, agarrando la copa de vino y beber directamente de ella, luego escupir cuando se dio cuenta que estaba lleno de agua de la bañera.

Volvió a llenar la copa de la botella sobre la mesa. "La única diferencia que se puede ver que sería su título y su dote. Si había esas cosas que me vaya tan bien como cualquier otro, es más, incluso mejor, porque te conozco y he entrenado a mi manera. Bueno, casi te entrenado."

Belleza ahumado como un anhelo que no quería admitir, incluso para ella misma, llena su alma. Ella quería que ningún hombre para casarse con ella en los términos, decidió. Ella quería que el hombre iba a casarse con que se hacerlo por una sola razón, porque él la quería como su compañero de para la vida. Algo que nunca iba a suceder ahora que se había dado su futuro a la Bestia. Sabiamente, siguió sus sentimientos ella misma. Fue sólo uno de sus muchos secretos.

Sin saber su vez de la mente, la Bestia continuó: "Pero como es, no sé. Todavía se niegan a darle permiso para visitar a su familia. En cuanto al resto, que están discutiendo con mi derecho ahora o si no que se dio cuenta? Y me doy cuenta de que no me pregunte para detener la paliza que usted, o usted se olvida de mencionar?"

"No me importa tanto," se sonrojó belleza como ella admitió, "Siempre y cuando tú me amas después. Es sólo después de que me azotan que se abren y realmente hablar conmigo y me abrazo, como si ahora."

Ella se movió contra él, continuó, "No me gustó el cinturón sin embargo, ya que las picaduras y heridas en gran manera."

"Usted descarada!" exclamó la Bestia, ya que su pie suavemente explorado y se burlaban de su hombría floreciente.

Entonces vaciló, "Acerca de la niña Molly. Sí, es mi derecho, me la llevó. Por lo menos, probablemente lo hizo. Realmente no la recuerdo. Entonces tendrán que haber salido de ella, tal vez para asistir a una disputa en el pueblo o manejar una crisis en los establos. No recuerdo. Sólo sé Yo no le causaron lesiones. Sé que he hecho muchas cosas que desaprueban, pero te juro ante Dios, nunca he hecho ese tipo de daño a cualquier mujer. Sé que algunos hombres gozan de la violencia tanto como hacer el sexo. Yo no lo hacen."

La declaración tuvo la justicia de la verdad detrás de él. "Puedo Supongo que sólo lo que pasó. Probablemente me la dejó en el gran salón sin vigilancia. Alguien debe tener la arrastró en el granero, violada ella y la golpeó sin sentido, dejándola paralizada. Yo no sé quien. Me hubiera gustado que se quedara conmigo, así que Gwyneth podría cuidar de ella, si hubiera sabido algo de sus heridas." Hizo una pausa antes de admitir: "Yo sé que las chicas han sido atacadas después de estar aquí, a pesar de que comenzó a enviar una escolta para verlos casa. Es por eso que usted está siempre tan bien guardado."

"Tan sólo la violó?" Acusado de belleza.

"No fue violación. Si yo le tenía, que era mi derecho. Los habitantes del pueblo son la mía! Sus mujeres son mías!" El tiro Bestia espalda. "Es la forma en que se planteó."

-Lo sé, "La Bella admitió," pero todavía no puedo creer que sea moralmente derecho."

"Vamos a discutir sobre eso más tarde." La Bestia la atrajo hacia sí. "Ahora mismo tengo mejores ideas. Vamos a salir de esta bañera y entrar en la cama."

"Mi señor Cansado? 'Es pronto," bromeó belleza.

"No estoy un poco cansado, como pronto lo averiguaremos." La Bestia se reunieron en sus brazos y dejó caer, mojado, en la cama. Agarró el último de los melocotones confitados de la bandeja y difundirlas, artísticamente, en los senos de la Bella.

"Creo que voy a comer el postre ahora," sonrió, bajando la boca para picar la fruta dulce.

"Todo lo que desea Mi señor," La Bella-murmuró, cerrando los ojos en la pasión como ella saboreó la sensación de su lengua en sus pechos.

"Mi señor, yo también anhelan postre," se quejó de belleza como las sensaciones se apoderó de ella.

Llegar a un brazo, le agarró el cuenco de confitadas melocotones. Ella empujó contra el musculoso pecho de la bestia, hasta que se recostó sobre el colchón. Belleza sirvió un poco de los melocotones en su pecho y empezó a mordisquear y succionar hasta que la fruta se eliminado. La Bestia casi se volvió loca. Se sirvió un poco más de la fruta en su virilidad erguida y se comió ese derecho de su cuerpo. Esta vez fue a la Bestia salvaje, todo su cuerpo sufriera su oferta, ministraciones sensual.

Como su respiración volvió a la normalidad, la bestia se acercó para la taza de fruta. -Es mi turno, que ya ha tenido dos partes," dijo con aspereza.

Se sirvió la fruta en la juntura de los muslos y poner el tazón a un lado. Poco a poco, con los ojos la celebración de ella, sonrió. Que sonrisa envió escalofríos por la espalda. Sin embargo, los temblores se nada comparado con las sensaciones que le siguieron. Bajó la boca a la maraña de rizos y la llevó fuera de su mente. Antes de terminar su conducción a las alturas del éxtasis, que había sus piernas descansando sobre sus hombros, sus tacones por la parte trasera de su cuello. Ella apretó los muslos con tanta fuerza cuando ella llegó a su clímax, se casi lo estranguló. Por una vez, después de su orgasmo, él fue el luchando por recuperar el aliento.

Tan pronto como se desaceleró su propia respiración y la puso bajo de control que tomó nota de esto, "Me siento de veras, mi señor." Ella se rió: "Yo Esperamos que te he hecho ningún daño."

Siempre he disfrutado de un rápido despliegue en el granero, un baño de burbujas y agradable la cena en la cama. Y, por supuesto, el buen sexo. Y siempre he disfrutado de la desafío que proviene de un hombre arrogante y sexy. ¿Soy yo?

Doce

Bromas de oficina, azotes Oficina

Si robar fondos de la compañía, es posible que se les da la opción: enviar a castigo empresa o ser despedido. ¿Podría esto suceder a puerta cerrada puertas en una oficina? Un acuerdo que podría enviar al infierno, o podría posiblemente sea el cielo?

Martin Colman se reclinó en su silla de la oficina de la felpa, perdido en profundo pensamiento acerca de su nuevo secretario, Sandy Denson. Pensamiento sobre la Sandy no era una actividad nueva para él, que había estado haciendo mucho últimamente. Sandy había estado trabajando para él sólo seis semanas, y para esas seis semanas, cuando hubo un minuto de repuesto, Martin pensó en ella, soñaba de ella, fantaseaba sobre ella.

Para ser sincero, a veces se encontró a sí mismo actuando como un verde escolar y masturbarse pensando en ella. Caliente pensamientos. Pensamientos eróticos. Triple X nominal pensamientos. Ese tipo de fantasear algo Martin no lo había hecho en años, no desde que era un adolescente en celo.

No había que hacerlo. Martin había un montón de amigos y casi cualquier mujer que él quería. Tenía 35 años, alrededor de 6' 2", con un magro, atlético construir, el sol rayado pelo castaño claro, ojos azules, un hoyuelo y dientes perfectos que mostraba a menudo porque siempre estaba sonriendo.

Él tenía una personalidad agradable, tranquilo y esa sonrisa era real y cálido. Las mujeres lo encontraron atractivo y los hombres pensaban que era un gran chico. Fue hablado bien educado y amable, casi. Él fue inteligente, pero no es un snob intelectual. No beber en exceso o utilizar cualquier medicamento. Él estaba abierta y extrovertida, y tenía una gran sentido del humor. Fue, de hecho, el tipo de hombre mayoría de las mujeres soñar, pero nunca se encuentran.

También fue un éxito. Era un contador muy ocupado y socio menor en la gran empresa de Smithson y Broyer, uno de los más joven de sus socios menores nunca.

Él era todo eso, y todavía no se sentó a pensar en Sandy. No que era un pasatiempo inusual para él, ya que a los dioses o destinos residía en el departamento de personal le había enviado de Sandy, Martín había pasado una gran parte de su tiempo pensando en ella. ¿Qué hombre no?

Sandy era muy hermosa. Tenía un rostro ovalado perfecto con pómulos salientes, la boca llena y los ojos brillantes, azules como Martin él mismo, ella sólo fueron aún más azul. Su pelo recogido por lo general en un moño apretado, con estilo. El tipo de pan que deberían haber la hacía parecer una vieja solterona, pero no fue así. Era raro que su para desgastar, pero cuando lo hacía bajar, era casi la cintura largo, ondulado, el color de la miel y el sol-rayas. Todo esto fue acompañado de un cuerpo a morir por: Sus pechos eran grandes y completa, pero no muy extremas, sino que sólo parecía encajar a construir. Ella también tuvo un cintura pequeña, caderas redondeadas, asenta grandes y piernas largas y bien formadas.

Ella fue muy posiblemente la mujer más hermosa que jamás había visto. No es que él no era imparcial, Martin pensó con tristeza, y seguro que no estaba enamorado de ella tampoco, bueno, no demasiado.

La atracción Martin estaba luchando no sólo con base en su se ve bien, ya que ella también era bella en su interior. Ella siempre ha tenido una sonrisa, una palabra amable o un comentario inteligente. Ella estaba caliente, amable y eficiente en voz baja. Muy inteligente. Se vestía bien y actuó muy profesionalmente.

Ella incluso a coincidir con Martin fuera de ritmo sentido del humor. Ella parecía iluminar la oficina. Cuando el personal de la envió a él durante una entrevista, que se sentía como si hubiera ganado la lotería.

Sólo había un problema.

El problema no tenía nada que ver con su trabajo, ella era tan buena como secretaria cuando ella era hermosa. Trabajó bien con Martin y que estén mezclados en un equipo. Ella nunca se quejó de cualquier cosa que se le pide que haga, sino que rara vez se parecía a la necesidad cualquier dirección para saber lo que Martin necesita que se haga. Fue rápido y eficiente, y siempre dispuesto a hacer cualquier cosa que ella posible para ayudar a Martín hacer un mejor trabajo. Hizo inteligente sugerencias y ofrecería comentarios imparciales cuando se le preguntó su opinión. Su abreviatura, raro en estos días, fue excelente, como eran sus mecanografía y de ortografía. También fue un genio con un equipo. A veces estuvo a punto de Martín siente innecesaria, como si pudiera hacer las dos cosas a sus puestos de trabajo sin él.

Martin había mucho tiempo para soñar demasiado. Estaban en una justa tiempo de holgura del año. Justo antes de Sandy se convirtió en su secretario Martín había estado muy ocupado, él había sido responsable de varios de los principales proyectos que se tenían que terminar antes de la anual de los accionistas de reunión. Él había trabajado largo y duro, poniendo en apariencia horas extras sin fin. Para colmo, lo hizo todo el trabajo con la ayuda dudosa de su ex secretario.

Judy era una chica agradable, dulce y bonita, pero no había sido un distracción para centrarse en el trabajo de Martin. Ella no fue capaz de mantener con el ritmo de trabajo de Martin tampoco. Martin había sido muy feliz cuando llegó a él y le dijo que ella se iba a casar y presentó su dimisión. Se sintió aliviado que no se enfrentaba a la necesidad incómoda de despedirla.

Ahora, con Sandy, había un problema. El problema era que Martín se encontró en un dilema. Hoy en día, sexual El acoso era una cuestión muy generalizada. Había un montón de reales el acoso por supuesto, pero también estaba el otro extremo. La tiempo para flirteos inocentes, de amistades e incluso en ciernes romances de oficina ya había pasado. Algunas observaciones bastante inocuo a menudo llevó a un trabajador de oficina para presentar denuncias en contra de otro con gestión, dando lugar a la caza de brujas y destruyó la reputación. Este clima de restricción había Martin en un dilema. Quería tener ese romance de oficina. Quería Sandy, tanto en su cama y en su vida. Su problema era: ¿cómo se le va a pasar un empleador recta relación entre empleado y en un romance sin cruzar los límites en el acoso sexual?

Si se las arregló para conseguir pasar esa barrera formal con Sandy, ¿cómo iba a saber si realmente se preocupaba por él o si se sentía forzado a una relación que no quería por su autoridad sobre ella?

Normalmente Martin fue bastante adeptos a la lectura de una mujer sutil signos. Por lo general sabía que si un avance sería bienvenido o no.

Sin embargo, fue diferente con Sandy. Martin se vio obstaculizada por el hecho de que su comportamiento oficina fue siempre amable, pero también fresco y profesional. Ella era más bien formal en la oficina, casi demasiado cortés y respetuoso. Ella le dio ningún indicio, ninguna impresión que se sentía algo por él que no sea como su jefe. Incluso aunque él le pidió que le llame a Martin, que todavía lo llama el Sr. Colman.

Era una lástima Martín no se dio cuenta de lo difícil que fue para Sandy para mantener su conducta profesional. Cada vez que caminaba a través de la oficina de ella apretó los puños para evitar llegar a él. Cuando sonreía y elogió su trabajo, su rostro sentía congelada en una máscara profesional fresco. Él nunca tenía la menor idea de que su pulso se aceleraba, y algunas veces sus bragas estaban húmedas. La mitad de su formalidad oficina fue el resultado de sus esfuerzos en la supresión de su atracción por él. No había manera de que se va a arriesgar el mejor trabajo que había tenido al venir a la jefe.

Nunca había oído hablar a su decir su nombre por primera vez en la oficina. Lo había dicho una vez en el picnic de oficina. Ella había estado allí con su hija, una belleza de ocho años llamada Kelsey. Martin había se unió a Kelsey y Sandy en su mesa de picnic y se pasó una threelegged carrera con Kelsey. Cuando se había ganado la carrera, había Sandy lo llamó Martin.

Más tarde ese día Martín estaba sentado junto a ella en las gradas durante el juego de softball de la empresa, y cuando la niña pegó un jonrón de Sandy se emocionó tanto que le dio un abrazo Martin. Los dos fueron sorprendidos por la chispa de la electricidad que fluía en el escrito de contacto. Había sido suficiente para desencadenar fantasías secretas para los dos ellos. Se había dado a cada uno de ellos un poco de esperanza.

Al día siguiente volvió a su oficina un poco formales comportamiento. Ni uno de ellos había un seguimiento de esa chispa sin embargo. Hasta aquí todo bien, pensó Martin, haciendo caso omiso de su persistente sospecha de que estaba medio enamorado de ella y todo el camino a actuando como un adolescente desgarbado.

Martin le dolía cambiar ese ambiente sin perder su la mayoría de secretaria eficiente jamás. Sandy llegó después de dejar de fumar y Judy volvió la oficina alrededor. Ella era extraña. Siempre un paso por delante

de él en saber lo que se debe hacer a continuación, pero lo suficientemente flexible que le permitiera abrir el camino. Siempre dispuestos a
quedarse hasta tarde o entrar en temprana. Todo lo que quería en una
secretaria.

Desafortunadamente, ella parecía ser todo lo que quería en un la
mujer también. Quería que ella en todos los sentidos: Por su lado en la
oficina, cenar con él en buenos restaurantes o ver la televisión en casa.
Por encima de todo, él la quería a su lado en la cama toda la noche.

De pronto, la atracción tácita no fue el único problema. Todos los de
esto fue menor en comparación a otro, más inmediato problema. Este
nuevo problema fue que ella era la única posible sospechoso en el robo
de mil quinientos dólares de la caja chica cajón!

Así que aquí fue Martín de nuevo, sentado en su escritorio y pensar
de Sandy. Esta vez se trataba de un problema real. Esta vez fue diferente
sin embargo. Esta vez se trataba de un problema real. Él estaba tratando
de decidir qué hacer con Sandy. Después de todo, ella había tomado
dinero de la Oficina del Fondo de caja chica.

Normalmente tendría que acaba de reemplazar los fondos y, a continuación recibido el dinero de Sandy. Él tenía toda la fe que ella la
intención de devolverlo, que no era ladrón. Instintivamente sabía debe
haber tenido una buena razón para tomarla. Esto no era normal sin
embargo porque el propio señor de edad Smithson había descubierto la el
robo en una auditoría al azar. Martin había sido tan sorprendido de que él
no había que pensar en una historia de portada.

Martin no se veía fácil salir de ella. El Sr. Smithson quería Sandy
despedidos y procesados. Martin estaba tratando de pensar en una
manera para evitar la catástrofe. Él quería seguir Sandy. El Sr. Smithson
ordenó a Martin le han arrestado también. Martin tuvo que encontrar una
manera de ayudar a restaurar la Sandy el dinero, y luego castigar a su de
alguna manera que envejecen Smithson señor de su espalda. Él no quería
Sandy despedido o echado en la cárcel. Por encima de todo, quería para
mantenerla como su secretario.

De Sandy llegó a la oficina por la mañana completamente inconsciente de el efecto que tenía sobre Martin. Ella sabía que le gustaba, pero
había que ni idea de hasta dónde se había ido. Ella trabajó duro para
mantener esa débil aire de formalidad entre ellos porque ella pensaba que
en privado no era más patético, criatura intriga sobre la faz de la tierra de

una secretaria que se arrojó a su jefe. Especialmente cuando, dijo el jefe era muy guapo, muy agradable y simpático.

Que el lunes fue fácil no pensar en lo agradable Martín, El Sr. Colman, fue, todos sus pensamientos se centraban en algo más. Una de las cosas. Su único pensamiento era hablar con Martin sobre el dinero que había prestado y espero que él lo entendería. Quería hacer un arreglo para el pago de la misma. Ella había siempre la intención de pagar. Esperaba Martin le permitía mantener su Trabajo.

Martin decidió hablar primero de Sandy. Después de todo, una niña con su referencias impresionante tenía que tener alguna razón para hacerlo algo tan estúpido.

Le zumbaban por el intercomunicador. "Sandy, venir aquí por favor."

Ella entró en su oficina poco a poco. Sabía que estaba en problemas la momento en que miró a la cara. Hubo una mirada tan fría en su los ojos. Ella respiró hondo y fue a pararse frente a él. Ella había estado tratando de encontrar la manera de decirle lo que había hecho toda la mañana. ¿Cómo explicar. Se preguntó si sería ayudar a ella o si ella sería despedido. Decidió decirle recta a cabo, si lo que sabía sobre el dinero que falta o no. Ella esperaba que él sería capaz de ayudarla a mantenerse fuera de problemas.

Antes de que Martin pudiera decir una palabra que ella dijo: "Señor Colman, he para hablar con usted por un momento. No sé cómo decirlo. Estoy mucha vergüenza, pero me hizo algo muy malo y si hay un manera en que puedo hacerlo bien, haré lo que sea necesario." Hizo una pausa, "Yo ..."

"¡Cállate!" Martin dijo con dureza. "No digas una palabra más."

Cogió el teléfono, marcando la extensión Sr. Smithson. "El Sr. Smithson, ella está aquí." Él escuchó por un momento. -Sí, señor, tan pronto como ella caminó pulg." Él escuchó de nuevo. "Antes de que me dijo un la palabra." Él escuchó una vez más. "Por favor. Déjame manejar todo. Señor, si puedo conseguir una confesión voluntaria y completa la restitución ..." Otra pausa. "Castigarla?" Él parecía sorprendido. "Te voy a llamar más tarde para su aprobación. Muy bien."

Al oír esto, Sandy sacudió visiblemente, se dio cuenta de que lo sabía todo al respecto. Colgó el teléfono y se volvió hacia Sandy.

Levantó la vista hacia Sandy. "El Sr. Smithson se decidió hacer una lugar de auditoría de fin de semana pasado. ¿Puedes adivinar lo que encontró?" El vistos como Sandy fue mortalmente pálido.

"Pensé que sería capaz de poner de nuevo hoy," dijo Sandy en voz baja, ella miró a los ojos directamente y trató de no dejar que mostrar miedo. "Tres veces mi ex-marido Phil me dijo que ya había enviado la y tres veces el dinero que estaba mintiendo."

"Así que robó la caja chica, ¿no es cierto, de Sandy," se preguntó abruptamente.

"Sólo quise decir que pedirlo prestado. Yo ..."

"No me digas por qué tomó el dinero. Dime cómo eres va a devolver el dinero antes de finales de los negocios de hoy," dijo Martin con severidad.

"Voy a llamar a Phil," pidió Sandy. "Tal vez puede llevar a mí."

En gesto de Martín se fue a su mesa e hizo la llamada. Antes de tiempo volvió a pararse frente a él. "Me dijo que cambió de idea y decidió hacer un viaje a Las Vegas este fin de semana en lugar de enviar mí el dinero," admitió en voz baja. "Ese es el mismo dinero que antes dijo que había enviado ya. Dijo que esperaba que yo iría a la cárcel para que pudiera obtener la custodia de Kelsey."

"¿Ves cuánto te metiste en problemas para creer él?" preguntó Martin.

En su gesto tímido continuó, "¿Vas a hacer la restitución completa de El viernes en la final de los negocios?"

De nuevo ella asintió sin decir palabra.

"El Sr. Smithson quiere que lo despida y le enviará a la cárcel," Martin dijo con tristeza. "Él dijo que iba a despedirme si trataba de la cobertura de que, de lo contrario me había puesto el dinero y usted puede pagar mí."

"¿Debo llamar a la policía para usted?" Hubo un temblor en su de voz.

"No," dijo Martin en voz baja, "no antes de hablar. Tal vez no en todos. Siéntese por favor y vamos a ver si puedo mantener fuera de la cárcel."

"Gracias, Sr. Colman," dijo Sandy mientras se sentaba frente a su escritorio.

"Llámame Martin," respondió casi instintivamente.

"No puedo," dijo Sandy sorprendido. "Es demasiado informal!"

"Si usted puede robar de mí, puede usar mi nombre," Martin señaló. "El robo es un salto más grande en el decoro de oficina."

"Obtención de Préstamos," protestó de Sandy.

"Lo que sea." Continuó, "¿Va a firmar una confesión completa, que incluye las disposiciones relativas a la restitución?"

"Sí, señor." Hablaba en voz baja, casi un susurro, con la cabeza hacia abajo.

"A continuación, puede devolver el dinero?" Martin investigado.

"¡Lo haré!" Dijo Sandy con firmeza. "Te lo juro, pero no ahora."

"Bien." Martin hizo una pausa. "Sandy, usted sabe que sería lo suficientemente bueno para mí, pero el Sr. Smithson se involucró y las cosas no así de simple para él. Dijo que se debe, según sus palabras, severamente castigados. Se recomienda la cárcel, que no quiero porque no quiero perder mi secretaria."

"Gracias." Sandy sonaba temblorosa.

"Así que estoy proponiendo una alternativa. Usted va a firmar el la confesión y los planes por escrito para la plena restitución de los intereses. Por último, pero no menos importante, le someten voluntaria- mente a la empresa medidas disciplinarias? Esto es, si estamos de acuerdo por escrito que no informe a la policía después de que la disciplina se lleva a cabo?" Era popa.

"¿Qué tipo de medidas disciplinarias," preguntó en voz baja, sumisa- mente y con cautela un poco.

"No lo sabemos con certeza todavía. Esa es la primera parte de la castigo. Quiero que haga una lista de al menos seis diferentes las formas de las medidas disciplinarias que pueden usar en contra suya, y han ellos en mi escritorio para mí para mirar por encima de un almuerzo, a más tardar," que dijo ella. "Voy a decidir qué hacer."

"¿Qué tipo de cosas podría yo pensar?" Sandy estaba perplejo.

"¿Quieres decir como, ah, ser despedido? Un recorte en la remuneración? Ese tipo de algo así?"

"Sí, eso es todo." Tomó la presión de Martín para llegar a con las ideas de las sanciones de la empresa.

"Esos son los dos únicos que vienen a la mente." Ella era perplejo.

-Entonces, pensar más, si usted no tiene las seis en mi escritorio por uno de la tarde, la policía estará aquí a los quince años," que amenazó con frialdad. "Asegúrese de escribir la primera confesión y tráigalo aquí para mi aprobación antes de que usted y yo lo firme."

"Así lo haré, Mart ..., quiero decir el Sr. Colman," dijo Sandy." Gracias por darme una oportunidad."

Salió de la habitación y regresó a su escritorio. Rápidamente escrito una breve confesión. Entonces empezó a pensar en formas que podrían castigar a ella y cómo podía pagar el dinero.

Poco tiempo después, ella dio en la confesión requerida y se lo entregó a él con timidez. Lo leyó detenidamente y aprobado que. Ella firmó el formulario y lo presenciado.

Sandy trajo en su lista de castigo justo antes del almuerzo y se lo entregó a Martín. Decía lo siguiente:

```
1. Me despiden
2. ¿Puedo considerar una reducción salarial
3. Trabajo las horas extraordinarias de forma gratuita
4. Pierdo mi plaza de aparcamiento empresa
5. Pierdo el uso del WC ejecutivo
6. Pierdo el uso del comedor ejecutivo
```

Tomó la lista a Martin y la colocó delante de él. Él leer cuidadosamente la lista y cogió un lápiz, de forma rápida tachando varios elementos. La lista, cuando se lo entregó de nuevo a ella, había rápida notaciones poco en él. La lista ahora se veía así:

```
1. Pierdo mi último aumento
2. Pierdo las ventajas de un ejecutivo secretario:
   a. Mi espacio de estacionamiento
   b. Ejecutivo WC
   c. Ejecutivo comedor
3.
4.
5.
6.
```

"Inténtelo de nuevo, necesito cuatro ideas más," dijo Martin con frialdad, no mencionar el Sr. Smithson se había ofrecido. Él quería que llegar a todos los que uno por su cuenta. "Tenerlo en mi escritorio en una hora. Y Sandy," hizo una pausa hasta que conoció a su mirada, "no te molestes en nada como que me hace perder usted como mi secretaria personal."

En muy poco tiempo que le trajo una nueva lista. Decía lo siguiente:

```
1. Pierdo mi último aumento
2. Puedo perder todos los privilegios ejecutivos
3. Mi hora de almuerzo se reduce a una media hora
4. Tengo que pagar a la compañía una multa, más allá de
   recuperación de lo que se
5. Trabajo las horas extraordinarias de forma gratuita
6. Puedo perder mi antigüedad
```

Ella tomó la lista a Martín otra vez. Él estaba hablando por teléfono. En su el oído, el Sr. Smithson estaba diciendo: "Mantener algo rechazar en el lista hasta que se sugiere a sí misma, y quiero ver que los próximos día, para ver la prueba."

Sin decir una palabra, Martin tuvo la lista. "Todo está bien excepto para lo hora del almuerzo, y para usted perder su antigüedad. Es sería muy difícil para el personal para mantener cubierto. Necesito un hora completa para el almuerzo por lo que tiene que tomar una hora completa. No puedo dejar que en la oficina sola, por lo menos no durante un tiempo. Inténtelo de nuevo."

Cruzó de número 3 y número 5. "Ahora-dijo con frialdad," entregando la hoja de revisión a ella, "terminar la lista y hacer de forma rápida."

Poco tiempo después volvió, preocupado. -Señor, se me ocurrió una idea más, pero honestamente no puedo pensar en nada más."

"Vamos a ver-miró a la lista revisada," había añadido:

```
1. Me regresan a la piscina Steno
```

"Eso no está bien porque todavía se pierde como mi secretario, pero voy a dejarlo en la lista, de manera temporal. Ahora piensa en un sexto."

"Estoy sorprendido de que no quería añadir dormir con mi jefe de la lista," murmuró Sandy. Luego levantó la vista y dijo: "Olvídese de que dije que por favor. Sé que no eres el tipo de hombre tratar de tomar ventaja de esa manera."

"Probablemente sería más que," Martin sonrió maliciosamente, "Sólo No me atrevo a pensar en su dormir conmigo como castigo para usted. Tonto de mí, tal vez."

"¡Oh! No sería," dijo Sandy rápidamente. "Siempre he pensado que..." Ella se sonrojó, "Déjame ir a trabajar en la lista."

Cuando volvió le entregó una nueva lista. Decía lo siguiente:

```
1. Pierdo mi último aumento
2. Puedo perder todos los privilegios ejecutivos
3. Pierdo las contribuciones correspondiente a mi
   ahorro salarial.
4. Tengo que pagar a la compañía una multa, más allá de
   recuperación de lo que se
5. Trabajo las horas extraordinarias de forma gratuita,
6. I
```

"No puedo pensar en otra cosa," dijo en voz baja.

-Entonces, pensar en voz alta," dijo Martin con severidad. "¿Cómo son las personas castigado?"

"Cárcel o multas, o de la comunidad de trabajo." Le miró con suerte.

"No, quiero decir castigado con nosotros, no la comunidad. Ir sobre cómo son personas castigado?"

"Bueno, en los buenos viejos tiempos, la gente, no me refiero a los niños se ..." su voz se apagó.

"Si qué?" Martin preguntó bruscamente.

"Nalgadas!" Se sonrojó de Sandy. "Pero eso es una tontería, seguro que no ..."

"Me gustaría," dijo Martin con frialdad. "Lo añade a la lista. No. Espera." Hizo una pausa y la miró. "Tire de la confesión de mi equipo, a continuación, volver a su propio escritorio y espere a mí. Usted podría tratar de hacer algo útil, como el trabajo, mientras estás esperando si no te importa."

-Sí, señor." Ella se detuvo rápidamente el archivo que se había puesto a su confesión y salió de la habitación.

Después se fue, tomó el teléfono y llamó a su jefe. "Yo lo hizo!" dijo emocionado. "Y ella piensa que todo fue idea suya." El Escuchó durante un minuto y luego dijo: "Sí, señor, lo haré."

Volvió a leer la confesión antes de empezar a entrar en un nuevo documento en la parte inferior. Por último, se mostró satisfecho y empujó de impresión, hacer dos copias. Después de imprimir, lo corrige y eliminado el archivo.

Sandy esperando en agonía, pensando que los castigos que había decidió utilizar. Seguramente él no ... Ella se retiró juntos. Ella sabía que era su elección, y no tenía más opción que estar de acuerdo con su decisión. Fuera lo que fuese, sería mejor de la cárcel. Oyó la impresora, luego se detuvo. Se había la confesión y la lista de sanciones de la siguiente manera:

Yo, de Sandy Denson, Confieso que he tomó una cantidad de $1,500.00 de la fondos discrecionales de mi empleador, Smithson y Broyer, el viernes 15 de octubre. I lo hizo sin obtener permiso de mi supervisor, Martín Colman. Estoy de acuerdo en reembolso de las cantidades y presentará a la castigo se enumeran a continuación. El I castigos han convenido en someter a son las siguientes:

1. Voy a tener el dinero de mi último aumento poner en una cuenta especial
2. También voy a poner el dinero que recibo por trabajando horas extras en la misma
3. Voy a pagar a la compañía de nuevo cuando el fondo equivale a un total de un año y medio veces la cantidad que tomé, lo que sería $2,250.00
4. Pierdo las contribuciones correspondiente a mi ahorro salarial hasta ese momento
5. Puedo perder todos los privilegios ejecutivos
6. Voy a presentar, sin protestar, severos castigos corporales de mi supervisor, el Sr. Colman, voy a seguir sus instrucciones en la materia de mi castigo.

Me doy cuenta de que estos términos están sujetos a la aprobación del señor Smithson y que sobre la terminación de estos términos, la empresa se reducirá la amenaza de enjuiciamiento.

Martín tomó el documento de Sandy para firmar. Lo leyó rápidamente y resopló una vez antes de firmarlo.

"Está bien de Sandy, lo que se inhalan muy poco femenino sobre?" Martín le preguntó con severidad.

"Tengo que presentar a los castigos corporales graves sin protestar?" se cuestionó. "Enviar, así está bien, pero sin protestar? Usted deben estar bromeando."

"No te preocupes por lo de Sandy, simplemente quería decir que había que haber sutilezas o reticencia. Sin embargo, gritos, jadeos y gemidos son todos los animales," dijo Martin con frialdad antes de que él dio la vuelta para que no se ve su sonrisa. "Simplemente no hay toma de posesión."

"Bueno, entonces-dijo ella con un toque de sarcasmo, "eso es todo derecha." Hizo una pausa y continuó en un tono suave, "El Sr. Colman, cuando ..."

"Los castigos van todos en vigor a partir del lunes, con la excepción de la paliza, por supuesto. Eso sucederá de inmediato, como pronto como llegue la aprobación final de esta lista de edad el Sr. Smithson, y disponer su reducción salarial con el personal. No se Sé que es un recorte salarial, para evitar cualquier especulación al respecto y proteger su reputación, que hará los arreglos para el dólar por hora y todos los pago de tiempo extra para ir en una nómina especial cuenta de ahorros. Entonces, cuando el saldo en la cuenta llega a una vez y media lo que robó, la compañía tendrá que pagar y su completa automáticamente va a restaurar."

"Gracias por salvarme que vergüenza," susurró con una voz temblorosa.

Hizo una pausa y continuó: "En cuanto a la paliza, me gustaría más bien, no te castigará aquí en una oficina llena de gente. Esta noche a las cinco que quiero que dejar el trabajo y salir a comprar algo para mí el uso de tu azote." En su aliento, continuó, "Yo no voy hacer daño a mi mano. Estar en mi casa con ella por seis."

"Pero, ¿qué puedo comprar?"-Preguntó perplejo y pánico. "Y ¿dónde?"

"Déjame pensar." Ritmo Martin. "Trate de que la tienda de silla de montar sobre las principales Calle. Puede ser que tengan una selección de fustas. O el sexo tienda en tercer lugar," sugirió Martín. "Y asegúrese de no obtener una de los debilucho delgada buscando cultivos. Obtener una buena y sólida."

"Bueno, Martin." Sandy veían desanimados.

"Y de Sandy?" Miró a él. "No aparece en mi lugar esta noche usando cualquier pantimedias. Entender?" Ella asintió con la cabeza en silencio.

"Ahora vamos a trabajar un poco, estamos retrasados." Martin fue todo el negocio.

Entró en su despacho y llamó al Sr. Smithson.

"Hijo, eres un perro afortunado," dijo el anciano alegremente. "Lo que yo no daría por tener un fondo redondo agradable como que en mi misericordia," le dijo. "Puede que tenga que estar en conferencia privada con mi secretaria todo el día pensando en ella. ¿Estás seguro de que no me deja ..."

"No. Voy a manejarlo, señor-dijo Martin con una sonrisa en su voz. - Hablas como si te lo disfruto mucho."

"Voy a admitir, me gusta tomar algo joven bien sobre mi las rodillas de vez en cuando y nalgadas ella un brillo cálido, color de rosa. ¿Qué hay de malo en eso?"

"No es una cosa, señor, si la jovencita bien está dispuesto," dijo Martin, tratando de no a la foto del viejo señor Smithson con Sandy sobre las rodillas. "Pero yo nunca lo he probado."

"Ahora se quiere. Phyllis ha sido sobre mis rodillas al menos una vez semana durante diez años, y de rodillas en mi escritorio con más frecuencia Aparte de eso," dijo el Sr. Smithson sobre su secretario durante mucho tiempo. "De Por supuesto que ha sido mi amante durante casi todo ese tiempo. Dado que alrededor de un años después de que perdí a mi esposa."

"Ella está enamorada de ti," dijo Martin, ocultar su asombro.

"Y de Sandy es para usted. Mantenga su, hijo. Sacarla de solo ser en su oficina y en el resto de su vida. A partir de la abajo," aconsejó el Sr. Smithson. "Y hacer que sea difícil, te quiero con motivo de ella y quiero ver las marcas de la mañana."

"Sí, señor-dijo Martin con firmeza.

"Y disfrutar mientras estás en ello!" Eso sonó notablemente como una orden.

Disfrute de mí mismo, que pensaba, superando de Sandy? He pensado en todo tipo de escenarios con ella en mi misericordia, pero ella estaba jugando nunca parte de ella. ¿Cómo puedo disfrutar de mi causando su dolor? Tal vez voy a tener que pensarlo de nuevo. Con la puerta de su oficina cerrada, que trató de visualizar azotes muy inferior de

Sandy. Pronto suficiente, ya que los pantalones empezó a sentirse apretada e incómoda, que sabía que podía hacerlo y disfrutarlo.

Estaba avergonzado de sí mismo por ella, así que lo escondió, pero fue emocionarse ahora. Nunca había sido un sádico, pero no pudo dejar de pensar cómo se sentiría tener culo muy blanco de Sandy a su disposición. Se preguntó si era cierto que algunas chicas se activada por una paliza. De Sandy, probablemente no, decidió, que tendría que ser demasiado dura unos azotes. Ella no lo sabía todavía, pero ante la insistencia del Sr. Smithson tuvo que dejar las marcas que edad Smithson Sr. todavía se podían ver al día siguiente. Pensó acerca de cómo iba a castigar de Sandy hasta llegar a casa.

Martin fue en realidad un hombre amable en el corazón. No quería hacer daño a De Sandy y dejó a su suerte sin duda se habría manejado las cosas de manera diferente. Era más de la mitad en el amor con ella. Él ha descubierto por qué necesitaba el dinero, pagado para ella, y establecer algún tipo de plan de pago para su para pagarle. Puesto que él no tuvo otra opción sin embargo, decidió disfrutar de la oportunidad de tenerla a su merced, parcialmente desnudo, si pudo. En un instante de culpabilidad la duda se pregunta si ese hecho él un hipócrita.

Sandy asomó la cabeza en su oficina a las cinco y dijo: "Yo soy dejando ahora, Martin. Voy a estar en su lugar a las seis."

"Eso está bien, de Sandy." Hizo una pausa-. "Ojalá las cosas fueran diferentes."

"No es tu culpa, Martin. Es mío," dijo en voz baja. "Va a ser todos los derechos."

"¿Tienes miedo?" Preguntó desde que parecía tan tranquilo como siempre.

"Sí." Ella cerró la puerta. "Muy asustado," dijo en voz alta ella misma.

Martin fue a su casa e hizo algunos preparativos. No se en S & M, pero que había estado en el lado receptor de un lugar flejes grave como un niño. Sabía que el taladro. En primer lugar, cambió en un par de jeans gastados y una camisa de polo. Rápidamente poner un poco de guiso que había hecho el día anterior en la estufa para calentarse, y se aseguró de que tenía frío vino. También puso un pequeño recipiente de agua con una toallita en ella en el refrigerador para enfriar.

Luego entró en el comedor. Se trasladó todas las sillas lejos de la mesa del comedor, poniendo uno de los de madera sin brazos sillas en el centro de la habitación. Él tomó todo lo que fuera la mesa, poner las cosas en el aparador en un montón descuidado. Se fue afuera y regresó con un trozo de cuerda suave. Miró en el guiso, apagar el calor. Luego se sentó en la sala de su casa y esperó.

Después de entrar en el salón de las señoras y la eliminación de sus medias, De Sandy salió de la oficina. Se dio cuenta de una cierta humedad, mientras ella se en el salón. ¿Podría ser despertado?, Se preguntó. Este no era cosa de risa, sabía Martin no tenía otra opción. Se había para hacer daño, o el Sr. Smithson nunca se convenció de caída de la fiscalía. Ella considera brevemente antes de decidir parada en la tienda de la silla y no la tienda del sexo. Al menos en el tienda de silla de montar que podía pretender que el cultivo era para uso en un caballo.

Se sentía realmente extraño mirando por encima de la selección. La mayoría de ellos fueron sorprendentemente brillantes colores y las diferencias en el peso y la duración fueron sorprendentes. Ella recogió una cosecha de color negro sólido, bastante grueso y largo cerca de 18 pulgadas. Tenía una piel de color negro de ancho correa en el extremo. Ella pagó por ella sin comentario y salió a su coche. Después de un momento de vacilación, se dirigió a Martín casa. Ella se bajó del coche y llamó a su puerta.

Sandy estaba en la puerta de su poco antes de las seis, con una fusta en la mano. Cuando Martin abrió la puerta, dijo: "La compra de este cuando yo sabía que era para su uso en mi, mi, um, bueno, era vergonzoso como el infierno."

-Apuesto-dijo él, sonriendo a ella. Estaba tratando de aparecer como aunque esto era normal pero era una fachada, que estaba nervioso sí mismo. "Por lo menos es un poco temprano, como de costumbre. Adelante," Martín la saludó.

Ella sólo estaba en su puerta por un momento, su rostro estaba pálido y ella estaba temblando. Parecía nervioso y asustado.

Martin llegó a su brazo y tiró con suavidad pero con firmeza su en la casa. Con la mano en el brazo que ella entró y le entregó la cosecha.

Que la coloque. -Siéntate, mientras todavía se puede sentar, y tener un poco de vino." Él le entregó una copa de vino. Era un pobre intento de una broma.

Se sentó en su sofá de la sala y aceptó la copa de blanco vino.

"Estoy muy nervioso, ¿No podemos simplemente acabar con esto," preguntó.

"Confía en mí, de Sandy, un vaso o dos de vino primero no le hará daño," que dijo ella. "No es que esto es algo que estamos esperando a."

"No, yo no soy," admitió, bebiendo el vino.

"Tienes a tu hija con una niñera," se preguntó.

"No. Ella está en casa de mi madre por la noche." Acabado de Sandy el vaso de vino.

Martín le sirvió una segunda copa y vertió un poco más de sí mismo.

"Martín, quiero saber por qué tomó el dinero," dijo con dignidad increíble.

"No, no hasta después," dijo Martin con firmeza. "No quiero ser simpático. Nunca he estado en el extremo de dar esto antes. I ni siquiera han estado en el extremo receptor desde que tenía trece años." hizo una pausa-. "Sandy, tengo que usar ese cultivo duro suficiente para dejar marcas visibles mañana. El Sr. Smithson se sólo de acuerdo con este arreglo que se puede comprobar por contusiones en por la mañana. Él lo exigía, o no hay trato. Él sólo llamaremos la policía y que te detengan. ¿Entiendes?"

"Está bien. Me metí en esto, y quiero hacer todo lo que posible para mí salir de ella." Ella se sonrojó, "Hay un problema sin embargo, nunca he estado perdido, ni siquiera por mis propios padres. Así que me temo que voy a luchar o correr, o poner las manos en el camino o algo así. Que no voy a ser capaz de soportarlo. No es necesario desobedientes, a entender, sino porque no puedo ayudarme a mí mismo. Estoy más miedo de hacer algo tonto que soy del dolor." Ella sonrió débilmente, "Bueno, casi."

Terminó su vino. Luego se levantó y se acercó a la silla de madera de respaldo recto. "Sandy, ven aquí. Por encima de mi las rodillas. Estoy seguro de que está familiarizado con la posición."

"No se por experiencia personal," dijo ella, tragando el resto de su vino.

Ella hizo lo que le ordenó sin una palabra de protesta. Caminó a él con cautela y muy inclinado sobre sus rodillas. Ajustó su posición para que ella se encontraba cómodamente sobre las rodillas y luego le acarició suavemente la parte inferior.

Él le enseño, no muy duro en todos, justo encima de la falda azul marino. Poco a poco se construyó el ritmo y la fuerza. Despúes de un corto momento en que levantó la falda y continuó su azote.

Las bragas de color rosa poco por debajo de lo poco que ocultar su encantos. Pronto los dos estaban conscientes de lo que suscita encontró a su posición. Su dureza estaba atrapado bajo su cuerpo.

Fue apenas la paliza en realidad, sólo una serie de bromas poco huele, alternando los lados de su parte inferior. El huele tiene más difícil e hizo un sonido como chasquido de cada uno de ellos aterrizó en su pert detrás. Se deslizó las bragas por sus piernas torneadas y, a continuación le pegaba un poco más difícil; una docena completa, primero en un lado y luego la otra. Luego de una docena completa, muy duro, justo en el centro, el cual picó el peor de todos. Tenía a ponerse de pie y le sirvió un tercera copa de vino.

"Bueno, hasta ahora?" Preguntó.

"Por supuesto." Sáb Ella sin dolor y tomó un sorbo de vino. Ella estaba concentrado en no dejar que su programa de vergüenza. "Eso no fue tan malo."

-Bien, porque he disfrutado mucho," sonrió Martin, a continuación, se puso serio. "El resto va a ser peor."

Le dio unos diez minutos. "Ve a buscar la cosecha y se lo para mí. Pídeme que te dan una buena paliza duro."

Avergonzada, ella de mala gana seguido sus órdenes. "Por favor, me duro un buen batido," murmuró.

"Dilo otra vez, como lo que significa este momento"," ordenó. "Y pregunta para que en su trasero desnudo."

Ella bajó la cabeza, pero dijo que con más emoción, "Por favor, mí una buena y dura paliza en el trasero desnudo."

-Mejor." Hizo una pausa. -Muy bien querida, lo haré. Yo te daré un derecho muy duros azotes en el trasero desnudo. Lo voy a hacer rojo fuego caliente y ardiente para ti. Estoy a la final de la cena mesa y esperar," ordenó, todos los negocios-como. Sin ella la palabra hizo lo que le dijo. A continuación, cogió las cuerdas.

"Por favor, no me corbata." Ella no pudo contener la protesta.

"Bueno, esto va a ser mucho peor que los azotes sin formato. I realmente necesita para tener que detenerse y presentar. ¿Estás seguro de que no me quiero atar el castigo," se preguntó suavemente. "Sé por experiencia lo difícil que puede ser para celebrar Póngase en el lugar de una severa paliza."

Poco de Sandy el labio y no dijo nada.

"Es tu elección, pero si tratan de evadir su castigo en cualquier Así, como el uso de sus manos para cubrir su parte inferior o de pie y se aleja de la tabla, que le costará más golpes. Seis cada vez," dijo Martin con severidad. "Y será aún más grave."

"Está bien, el uso de las cuerdas," presentado Sandy.

Martín le ordenó que se quitara la chaqueta azul marino, blanco de seda blusa y falda azul marino. Lo hizo sin protestar o pregunta. Él También le pidió que retire su hoja de encaje color beige. Ella empezó a decir algo, pero cambió de idea e hizo lo que pidió.

Tenía a ponerse de pie contra la mesa del comedor. Usó el cuerda para atar las manos a las piernas lejos, tirando de ella hacia abajo de manera que estaba sobre la mesa. Y ató sus pies a las patas más cercano al final de la mesa donde estaba ella. Ella se puso rígida hasta que la ató con la cuerdas, pero aseguraron los labios cerrados y no hizo ningún comentario. Ella se estremeció cuando él se acercó a sus espaldas con el cultivo, pero aún no dijo nada.

"Voy a comenzar con una paliza al igual que antes, para ir calentado. Entonces me voy a los cultivos. Tres docenas de golpes. Tengo que hacer lo suficiente para marcar, por lo que le hará daño. Sólo recordar que este le mantendrá fuera de la cárcel. E incluso prevenir que de perder la custodia de su hija," dijo Martin. "Es el vino ayudar?"

"Yo creo que sí," dijo en voz baja. "Estoy listo, Martin. ¡Hazlo!"

"Bueno, si usted insiste," sonrió.

Caminó alrededor de pie detrás de ella y se bajó ropa interior de encaje rosa, con cuidado de no rasgar en el proceso.

Le acarició suavemente las nalgas, explorando. Se deslizó el dedo a lo largo de la grieta. Cuando empezó a retorcerse, dejó acariciar ella. Él le dio una paliza en cada mejilla, a partir de fácil y la construcción de la gravedad. Cada uno hizo una fuerte bofetada y le causó CLAP las nalgas a su vez de color rosa. En un momento ella se tensó las nalgas, pero que conscientemente relajado de nuevo después de sólo un golpe duro.

"Ya lo dije!" Le dio una risita. "Si la mano todo lo que hay fue, probablemente podría incluso disfrutar de ella de una manera."

Fue recompensado con su risa tensa poco.

La paliza continuó por varias bofetadas más y, a continuación de Sandy comenzó a retorcerse. Él estaba realmente en el espíritu ahora, su culo también lo era bonito y rosa. Cada golpe de su mano era muy difícil, y llegó muy rápido. Él le enseño con más firmeza y dureza de lo que tuvo a la vista, lo suficiente para hacer estremecerse y jadear, duro suficiente para hacer su parte inferior un brillante, rosa antes de que él nunca recogió la cosecha. Se dio cuenta de que estaba disfrutando de su azote. Es Pasó mucho tiempo antes de que él se detuvo.

Se detuvo por un minuto y se pasó el dedo en su raja, la búsqueda de mojado y resbaladizo!

"Ustedes han podido disfrutar de este tan lejos!" Se frotó los dedos mojados en la mejilla. "Ahora se preparan para la cosecha!"

Sandy se retorció contra las cuerdas.

"¿Cómo se siente al ser atada y parcialmente desnudo?" Se preguntó en un tono suave, realmente interesados. Ausente resueltamente, que acarició su trasero desnudo empresa.

"Espantoso. Vergonzoso. Fría," logró decir. "Tengo miedo y quiero dejar esto de lado, pero yo también quiero que seguir adelante y obtener de una vez."

"Bueno, cuando acabe con usted estará lo suficientemente caliente, créeme. En cuanto a si usted quiere poner esta apagado o acabar de una vez a, que depende de mí, ¿no?" Martin bromeó, ligeramente abofetearla culo. "Creo que voy a salir de este modo durante unos quince minutos antes de empezar."

"Por favor ..."

"Por favor, ¿qué?" Preguntó.

"Nada, no sé."

En pocos minutos se acercó y la sorprendió poniendo un venda de los ojos de ella. Abrió la boca para protestar, pero no palabras salieron. Él la izquierda de nuevo. Esperó en agonía nervioso.

Finalmente regresó.

Él le dijo: "Mis padres eran creyentes firmes en estricta corporales castigo por lo que fue castigado como éste con demasiada frecuencia, cuando yo era un niño, sin la venda de los ojos, por supuesto. Realmente no es demasiado terrible, pero hace daño. Esto puede ser difícil, sin embargo, también le ayudará si usted impiden que las mejillas de su culo relajado. Recuerde, no tengo otra opción en la materia. Tengo que ser grave. Tengo que salir ronchas o contusiones. ¿Estás listo?"

"¿Estás disfrutando de esto?" Preguntó ella, de repente sospechoso.

"En cierto modo. Yo ciertamente no quiero causarle ningún vergüenza o el dolor. Nunca he. Si fuera por mí que nunca hacer nada para hacerle daño. Debo admitir sin embargo, que hay algo muy excitante de tener atado, desnudo y en mi misericordia. Asimismo, si bien yo no quiero hacerte daño, yo estoy entusiasmado con azotes usted. Me da vergüenza admitirlo, que sentir esta emoción machista, sexual. Me molesta. Yo no sé por qué Me estoy sintiendo, sino que debe ser un instinto primitivo de sobra. ¿Cómo sobre usted? ¿Hay algún rastro de excitación sexual en esto para usted?"

"No estoy seguro si lo hay," dijo suavemente, "está cubierto por la el miedo."

"¿Está usted listo?"

-No-respondió ella-, pero seguir adelante."

Cogió la fusta y se redujo a través del aire varias veces causando un silbido leve. El último de sus reparos cayó y sintió primitivo y sin piedad.

"No me tomes el pelo!" Ella sonaba casi enojado. "Just do it!"

"Es posible que desee volver a pensar ese comentario en un minuto," se rió en la alegría pura como él agitó la cosecha a través del aire de nuevo y, a continuación trajo derrumbó en el culo ya de color rosa.

Ella gritó.

Martin comenzó la paliza. Con la cosecha comenzó duro y firme, no se caliente. Cada movimiento estaba destinado a castigar y causar dolor, y cada golpe lo hizo. CRACK! Su parte inferior jiggled en la fuerza de los golpes. SWISH! CRACK! Cada crujido de la cultivos que se dejan un rastro de color rojo intenso que persiste en su estela. CRACK! Ella dio un pequeño grito en cada corte corte de la cosecha. Martin no disfrutar de esto tanto como él había azotar y humillar a ella, no era sádico real, pero era diligente. Después de casi treinta golpes empezó a darse cuenta de algo.

No parecía levantar verdugones o moretones tanto como él había esperado. Al parecer, los cultivos han sido diseñados para no levantar verdugones en la caballos.

"Sandy, estoy casi listo," dijo con firmeza. "La cuestión es: este cultivo no está dejando las marcas de lo que esperaba para salir. Voy a acabar con los últimos seis con mi cinturón. Se le hará daño, pero que yo recuerde muy bien, también te marca."

Dejó la cosecha y comenzó a quitarse la pesada occidental cinturón. Ella se estremeció ante el silbido tenue de la banda de deslizamiento a través de la trabillas y trató mental se preparan para lo que era venir. Ella falló miserablemente. El primer azote de la correa de cuero agarró desprevenidos. Aterrizó duro y sin piedad. WHAP! Le duele! Le duele! Dejó una estela de color rojo oscuro. WHAP! Ella gritó un grito lleno. Otra banda apareció. WHAP! Su gritos eran continuos ahora, alto y agudo. Todo su fondo era de color rojo brillante y la quema de dolor. WHAP! Dios! Que Uno se metió en la grieta de su parte inferior. ¿Dónde estaría la próxima una tierra? WHAP! Golpeó una marca anterior. Luchó contra las cuerdas, seguía gritando. WHAP! El más difícil todavía. Aterrizó ya completamente en la piel enrojecida. Martín tiró el cinturón y su desató. Se había terminado. Por lo menos los azotes fue.

"Ir por ahí de pie mirando a la pared." Señaló a un punto. Sandy, caminar con las piernas temblorosas, hizo lo que le dijo.

Martin bajó las luces, excepto la que iluminó su ardiente parte posterior, que muestra los verdugones y contusiones en exquisito detalle. Se sentó y bebió otro vaso de vino mientras observa su obra. Le tomó unos minutos y al principio le temblaban las manos, de Sandy, aunque nunca lo supo. En el momento en que terminó su vino sin embargo, se había relajado. Se quedó mirando su trasero hermoso y a cabo sin ninguna culpa que él mismo había disfrutado inmensamente, a pesar de sus manos temblorosas. Se acercó a ella y suavemente se levantó la ropa interior.

"Sandy, se acabó," dijo Martin en voz baja. "Ven a la cama y trate de relajarse."

"Aquí. Eso no era tan malo, ¿verdad?" Le preguntó solícito.

Ella no respondió, ella lo miró como si hubiera tres cabezas.

"No quiero que se siente," dijo finalmente en voz baja.

Como ella se volvió hacia él, vio que sus ojos estaban húmedos. La guerra interna que estaba luchando entre su base suave, cuidando la naturaleza y el macho escondido, un poco hombre sádico inmediatamente fue suspendido, al menos por el momento. Su naturaleza amable que una vez fue de nuevo en control.

"Entonces se acueste, de Sandy, ponte lo más cómodo a medida que puede," sugirió.

"Me traje," comenzó.

"No hay necesidad, cariño." Cayó el cariño a cabo desapercibido para los dos. "Sólo hay dos de nosotros aquí y Ya he visto, quiero decir, no creo que usted necesita para vestirse en mi cuenta. Yo puedo controlar."

-Lo sé, Martin," dijo en voz baja. Ella ni siquiera notó que su uso de su nombre de pila. "El control es perfecto, como siempre. Mientras ya que no creo que me estoy tratando de ..."

"Sandy, que está en el dolor y la ropa sólo empeorará las cosas. No hay necesidad de pedir disculpas o preocuparse por lo que pienso de usted," dijo Martin con firmeza. "Establecer, me vuelvo."

Él la trajo otra copa de vino. Se sentó a su lado, hablando suavemente. Ella bebió mientras especie de mentir en su estómago.

"Odio decir esto, pero si yo fuera usted no usaría el hielo paquetes o paños fríos para aliviar el dolor. Usted quiere que los moretones de ve tan mal como posible mañana."

Se sentó en el extremo del sofá para que ella se acostó con ella la cabeza en su regazo. Él la abrazó suavemente, y si, en un rincón de su cerebro, pensaba acerca de la frecuencia que había fantaseado con tener la cabeza en su regazo en diferentes circunstancias, que podrían culparlo? Le acarició el pelo suavemente y seguía hablando con ella en un tono suave.

Después de un rato se fue a la cocina y trajo a los dos algunos de sus guiso casero y una hogaza de pan francés crujiente. Después de comer, tomó los platos de distancia y los puso en el lavavajillas. Volvió y otra vez se sentó en el sofá con en sus brazos.

Por último le hizo la pregunta que había estado esperando para pedir. "¿Me puede decir cómo sucedió? ¿Por qué tomó ese dinero?"

"Había estado sin trabajo por un buen tiempo antes de venir a trabajar para usted. El mercado de trabajo es tan malo, es irreal. Desde mi divorcio, me había guardado durante cinco años para comprar una casa. Por último, me hizo una oferta en uno de esos hogares en el Cedar Ridge. No es un nuevo hogar o muy grandes, pero está en buenas condiciones y el propietario está dispuesto a vender. Ellos aceptaron mi oferta, pero sólo a condición de que puedo hacer una pago inicial de 10.000 dólares antes del mediodía del viernes.-miró arriba en él. "Tenía 8.500 dólares, pero dijeron que no era suficiente. Me hubiera preguntó por su ayuda pero se fue temprano ese día. Traté de llegar a e incluso dejó un mensaje en su máquina."

"Lo siento, yo no estaba allí para usted," le susurró en voz baja. "Me en la tarde y estaba yo, eh, distraído. Todavía ni siquiera he comprobado mi Mensajes todavía."

"No es tu culpa. Cuando el agente de bienes raíces llamó y me dijo que tenía que tener el dinero por seis, me entró el pánico. Yo quería que casa tan mal. Es perfecto para mi niña y yo. Traté de mi ex-marido y él juró que ya me había enviado por correo a un niño pago de manutención, así que pensé que podía pedir prestado el dinero y lo devolverá a usted esta mañana. Yo he dicho lo que tenía hacer. No sólo iba a tratar de escabullirse el dinero, que sabes?"

-Lo sé, y yo no le hubiera importado." Él se dejó beso de su cabello. "Si había puesto el dinero me habría llamado Es justo y de la plaza."

"Pero todo salió mal. Mi reflejo de un ex-marido en copos sobre mí. No hay sorpresa. "Ella cambió en sus brazos, un movimiento imprudente dado su estado de ánimo. "Su jefe hizo una auditoría in situ. Y mis padres también estaban fuera de la ciudad, en Hawai, en realidad, por lo que podía ni siquiera obtener ayuda de ellos."

"Así que a usted le toca," le susurró contra su cabello. "Pero sabía lo que sentía por ti como mi secretaria. Usted sabía que iba a pie detrás de usted. ¿Estás seguro de que no podía esperar hasta el lunes? Que Parece extraño."

"Así es como me sentía, pero nunca he comprado una casa antes," dijo lentamente. "Me han dejado el hogar ir, pero Kelsey, mi hija, le encantaba la casa. Tiene un patio perfecto para un perro, y está cerca de las casas de dos de sus mejores amigos de la la escuela."

"Es cerca de aquí también," señaló Martin a cabo. "Usted podría traer Kelsey durante los fines de semana a nadar y montar."

"Podría haber. Ahora voy a perder la casa." Ella sonaba derrotado.

-Tonterías-dijo con firmeza, "vamos a averiguar."

"¿Qué quieres decir?" Sandy pidió, con los ojos llenos de esperanza.

"Bueno en primer lugar, nos pondremos de Bob legales para hacer de dos maneras. Él debe revisar su contrato con el agente de bienes raíces y encontrar por qué tenían que tener el dinero de manera tan precipitada. Y el próximo, tendremos viejo y querido Bob que representan ya que se trabaja dentro de la ordenamiento jurídico, para obtener su pensión de regresar de la sacudida escamosa."

"¿Y qué otra cosa puedo hacer?" Preguntó Sandy, la esperanza de regresar a su cara.

"Deja que me cubre el dinero que necesita para mantener la casa hasta que su salario completo se restauran. Y sigues muy tranquila al respecto, así El Sr. Smithson no conjeturas."

"No se puede decir?-Preguntó sin atreverse a la esperanza.

"¿Por qué no? Usted me paga, de hecho, usted probablemente incluso insistir en el pago me interesa."

-Será mejor que lo creas, jefe."

"¿Cómo está tu trasero haciendo?" Preguntó Martin repente. "Lo hace herido tan mal?"

Ella se sorprendió al darse cuenta de que se sentía mucho mejor ya. "Está bien, hace calor y las picaduras, pero lo peor del dolor ya ha comenzado a desvanecerse." Había dejado de llorar y sonrió en él, una sonrisa triste. "Gracias."

"Para los azotes?" Él se sorprendió.

"Por la bondad. Para la oferta que me ayude. Y sobre todo para las bebidas rígido, y por tratar de hacer que esta situación absurda como normal y amable posible. Gracias incluso por darme la beneficio de su experiencia como víctima, que ha ayudado." Ella significaba que.

"Pero ¿qué hay de los azotes? Hice el mejor trabajo que pude! Es fue lo mejor de mi tortura nunca!" dijo, tomándole el pelo. "He escuchado que algunas chicas tienen activada por el mismo."

"Lo hacen ahora?" De Sandy se sonrojó y bajó los ojos. "No que de hecho?"

"Y estaban mojados," dijo con firmeza.

"Y usted es duro ahora," replicó ella.

Ella se quedó en silencio durante unos instantes mientras descansaba en su contra, luego, sus ojos se abrieron de golpe y ella se mueve hacia arriba para encontrarse con su los ojos. "Ride?"

"¿Qué?" Maldita sea, que él había esperado que ella había olvidado.

"Usted dijo Kelsey podía venir a montar." Ojos de Sandy brilló. "Hay caballos de atrás?"

"Tengo tres caballos en el establo de nuevo allí, y tengo un suave pony para cuando mi sobrina se acerca. Jojo podría utilizar el ejercicio.

Kelsey ¿Le gustaría venir a montarlo a veces?" Que invitados. "Y por supuesto que también podría ir a nadar."

"Hay caballos de atrás?" Repitió.

Tenía que intentarlo. "¿Y?"

"Así que yo apuesto a que ya cuentan con una fusta." Fue un acusación.

"Por supuesto", admitió, sonriendo ampliamente. "¿Y qué?"

"Así que me deje de comprar uno sólo ..." se detuvo, sin palabras.

"Para añadir a la humillación," admitió. "Mi padre siempre me hizo ir a buscar algo que me golpearon con. Por lo general tenía que cortar un interruptor. Hizo que el peor castigo."

"Y de pie frente a la pared?" Pregunta.

"Eso también," admitió.

"Y sacando una cosecha abundante, no un flaco?" Ella tenía que preguntar.

"Eso suena ominosa, pero en realidad no lo era.los cultivos de fina herido más ya que parecen cortados con un dolor más agudo." Él sonrió, "Así que yo estaba tratando de ser amable."

"Vaya, gracias."

"Piense nada de él."

"Acerca de Kelsey caballo?" Martin empujó.

"¿Estás bromeando? Creo que me encantaría! ¿Estás seguro de que todo ¿no?"

"Sí, realmente quiero a usted ya su hija a venir a montar y nada cuando se puede."

"Así lo haremos. Gracias. Creo que será mejor que ir a casa ahora." Ella entregó la copa a él, "Ha sido, ah ..." Se detuvo, con pérdidas para las palabras.

Sandy suspiró, "Ha sido oleaje, pero será mejor que vestirse e irse a casa."

"Usted debe quedarse," decidió Martin. "No para el sexo, sino que ha había varias copas y le molestan y están agotados, por lo menos emocionalmente."

"Pero tengo que trabajar mañana," ella hizo una mueca, "y el Sr. Smithson."

"Así que vamos a ajustar la alarma de un poco más temprano y se puede ir a casa y cambio." Engatusado Martin, "me vendría bien algo de compañía esta noche a mí mismo."

"He oído decir algo sobre el fin de semana, que se distraído," preguntó con preocupación. "Martín, es todo lo que todos los ¿no?"

"Sí, lo es ahora," dijo Martin lentamente. "Pero mi padre era ingresados en el hospital la noche del jueves. Se pensó que había una ataque al corazón, pero fue una falsa alarma. Indigestión y acidez estomacal. Estaban haciendo pruebas de fin de semana." Martin sonrió, "Hasta ahora, el una cosa que estamos seguros es de que tiene un buen corazón."

"Así que eso es una buena cosa, ¿verdad?" Preguntó Sandy.

"Usted no tiene que pasar el fin de semana con mi madre. I el amor, pero ella se lo trabajó a lo largo de todos los detalles." El hizo una pausa elegir sus palabras. "Parecía casi, hmm, decepcionado de que no fue peor."

"Conozco el tipo. No es que exactamente, pero ella se acumula la teme tanto que no puede dejar de lado cuando se entera de no hay nada que temer. Dijo Sandy, "Sólo darle tiempo para recuperar el equilibrio. Apuesto a que se enorgullece de ser la columna vertebral de la familia."

"Ella lo hace."

"Me estoy cansando. ¿Estás seguro que quieres que me quede?" Le preguntó.

"Sí, lo hago." Él la ayudó a levantarse. "Te voy a mostrar a su habitación. A menos que quieras dormir conmigo? No hay sexo."

"Con usted?" Ella sonrió, "Nada de sexo? Me pregunto uno de los nuestros obtendrá el sueño por lo menos." Ella se puso serio, "Martín, que pudiera, O sea ..."

"Nosotros, y pronto. Gracias a Dios, está empezando a parecer inevitable, pero no esta noche." Martin besó suavemente, la primera tiempo alguna vez había besado en los labios. "Quédate."

"Como he tenido un buen momento, me gustaría quedarme," murmuró en voz baja.

Martín se hizo el sordo: "¿Qué?"

"Nada."

"Sólo espero que no eran insultantes mi comida o mi hospitalidad." Bromeó, "me quito el entretenimiento en serio."

Sandy no respondió, pero no era un fantasma de una sonrisa, una triste sonrisa, curvando sus labios.

De la mano se subió a su dormitorio. Su ropa estaba aún sentado en la mesa de café, olvidado. Le dio uno de sus suave camisetas para dormir, y que metió en la cama. Él la besó suavemente las buenas noches y se durmió con ella en sus brazos. O por lo menos lo intentó. A la mañana siguiente la despertó con un beso, esta vez un beso real. No había nada suave o reconfortante al respecto. Fue caliente y salvaje, y maravilloso. Sandy, sensible como siempre, saltó de la cama, se duchó rápidamente, vestido y se fue.

Martin relajado en la cama y pensé en la noche, el el placer de ver el fondo de Sandy de desnudos. ¿Cómo redondos y firmes que fue. ¿Cómo comenzó a revivir en su mano. ¿Qué tan caliente y rosa que consiguió con sólo el uso de su mano. ¿Cómo roja y caliente que se bajo la fuerza de la fusta. Los moretones y ronchas causadas por el cinturón. Pensó en la alegría de la celebración de su exquisita, consolarla y caricias ella después. Pasó mucho tiempo pensando en dormir con Sandy. Sólo para dormir. ¿Cuánto más placer que sería para mantenerse despierto con ella? A pesar de conseguir levantarse temprano, que era casi tarde al trabajo.

De Sandy llegó a la primera oficina. Ella se encontró con el Sr. Smithson secretario, Phyllis, en el salón mientras ella estaba haciendo café.

"Buenos días," dijo sin cumplir con los ojos de Phyllis.

"No se sienta avergonzado," dijo Phyllis en voz baja, "el Sr. Smithson dijo acerca de mí. ¿Estás bien?" En gesto de Sandy, continuó, "Como si a usted le roban. Ellos sabían que sólo eran préstamos sino los hombres tenían que ser machista al respecto. Sólo una excusa para pegar, usted sabe. Había Rob ... quiero decir el Sr. Smithson todos sus estados ayer. Estará randy como una cabra de nuevo hoy también. Sé que voy a tras recibir una palmada."

"¿En serio?" Podría Sandy no la imagen del randy hombre mayor bienestar.

"Le gusta." Phyllis miró a su alrededor antes de confiar a un amplia sonrisa, "Él me lleva sobre sus rodillas por lo menos una vez por semana. Nosotros pasan mucho tiempo juntos en el sofá también."

Sandy miró sin palabras.

"Oh, cariño, si vieras la cara," se rió Phyllis. "Eso es no tanto de un secreto. ¿Quieres saber un secreto real? Recuerde que la política de la empresa en contra de los matrimonios de trabajo juntos? Robert y yo hemos estado casado en secreto durante casi diez años. Y si juegas bien tus cartas a Martin, que podría ser una mujer muy feliz."

"¿Martin y yo?" De Sandy se sorprendió. Fue su querida sueño, pero ella pensó que lo había escondido.

"¿Por qué crees que Robert seguía insistiendo en que Martin nalgadas?" Phyllis sonrió: "Es un infierno de un rompehielos, ¿no?" Reírse, salió de la sala y regresó a su oficina.

Cuando Sandy volvió a su oficina, Martin le pidió que se muestran él sus marcas. Se sorprendió de que se había desvanecido tanto, pero todavía se llama el Sr. Smithson para venir a inspeccionar los daños.

El Sr. Smithson entró en la oficina de Martin, el siempre presente Phyllis a su lado. "Llame a ella, quiero ver las marcas," dijo. "Yo Phyllis trajo a lo largo de lo que sería menos vergüenza."

Martin llamó Sandy, que estaba listo. Entró en la oficina y se quedó allí sin decir una palabra.

"Levanta la falda y mostrar el Sr. Smithson sus marcas," Martin instrucciones.

De espaldas al Sr. Smithson, que hizo ordenarse. Porque ella sabía lo que venía, que había llevado sin ropa interior o bragas. El Sr. Smithson miró abajo e incluso tocó suavemente un pequeño hematoma. Miró a su esposa secreta y le guiñó un ojo.

"Es un fondo exquisito, mi querido. Pero no es muy marcada suficiente. Por favor, lean sobre el escritorio de Martin y le permitirá darle sólo una muestra más," dijo el anciano. "¿Una docena? Bien puesto en, debe hacerlo."

Martin había llevado la cosecha con él por si acaso, y ordenó un rubor de Sandy para doblar sobre la mesa. Ella se puso en el posición requerida, la falda escondido debajo de ella, y esperó a que la primer corte de la cosecha. CRACK! Ella abrió la boca y se estremeció. CRACK! CRACK! CRACK! Sus jadeos se convirtieron en poco gritos.

"¿Puedo darle los últimos dos?" El señor Smithson preguntó alegremente.

En gesto de Sandy, Martin entregó el Sr. Smithson la fusta. Le dio los dos últimos sin fuerza tanto como Martin, sino que de tratar de evitar las rayas de otro, destinado para ellos. Él ligeramente frotó la cosecha en el lugar que estaba destinado para, sólo para que su saber de dónde venía, pero no cuando. CRACK! Él verdaderamente disfrutó de su grito de dolor. También hizo esperar para el corte hasta que sus nervios se estira hasta el punto de ruptura. CRACK!

"Vamos a lo largo de Phyllis, querida," dijo sin ocultar su excitación. "Tenemos algo que cuidar en nuestra propia oficina."

"Sí querida, quiero decir, señor-sonrió Phyllis cuando salía de la oficina.

El Sr. Smithson había tomado la fusta. Como el viejo izquierda, se inclinó y le susurró algo al oído de Martin, que hizo el joven se ruboriza.

El Sr. Smithson había susurrado: "Eso fue genial! Sé que tengo es bastante difícil de anoche, pero no me pude resistir. Ahora me voy a ir a poner este montaje a utilizar en mi amor propio pequeño. Puedo adivinar ¿quién va a tener que ayudarle a usar el suyo."

Martin cerró la puerta detrás del viejo. Martin caminó más de estar detrás de Sandy, que mostraba ningún signo de conseguir desde el escritorio. Oyó, como lo había hecho la noche anterior, la susurro de seda de un cinturón que viene libre de los lazos de su cinturón. Entonces el inconfundible sonido de una cremallera. Ella esperó, paciente aparente, pero realmente ansiosos por la invasión de su polla dura en su cuerpo. Es Fue duro, salvaje y primitiva. Fue glorioso! Ambos llegaron en un frenesí.

La ayudó a la cama y sacó un frío y húmedo paño de dolor detrás de ella.

"¿Cómo estás?" Preguntó, de repente siente un poco más de culpable al darse cuenta de que acababa de tomar sin preocupación acerca de si ella lo quería. Le acarició el pelo suavemente mientras ella estaba allí y se recuperó.

"Me siento muy bien!" Ella se acercó y lo besó apasionadamente.

"A pesar de que sólo te violó?" Él sentía más que un poco culpable de la última parte.

"No fue violación." Sonrió a él. "¿He dicho no a cualquier hora? De alguna manera? ¿He incluso tratar de mover cuando me enteré de que descomprimir el los pantalones?" Ella miró hacia él, "De ahora en adelante. Yo no creo que se nunca decir no a usted."

"Eso es bueno porque probablemente me odian la cárcel."

"Entonces es una cosa buena que era tan ansiosos como tú," dijo Sandy secamente.

"¿Podría ser que ansiosos de nuevo? Ahora?" Bajó la boca casi a la suya.

"Bueno, se dispara el infierno fuera de la oficina de decoro, pero a quién le importa?" Esas fueron las últimas palabras que habló durante mucho tiempo, mucho tiempo.

Luego a medida que yacían juntos abrazando, Martín reflexionó: "¿Qué se apuesta por la tarde el Sr. Smithson no es tan diferente de nuestro? Él tomó nuestras fusta, ya sabes."

"Eso es una cosa segura." Sandy confesó, "me dijo Phyllis este mañana estaba esperando el día de hoy. Espero que goza de la de los cultivos."

"Ella le dijo a él le da nalgadas? Y que son amantes?" Martin se sorprendió.

"Ella me dijo más que eso." Sandy fue satisfecha, "Han sido casó en secreto con casi diez años."

"Te das cuenta de que el viejo señor Smithson sabía que tenía que azotaron anoche lo suficiente? Él sólo quería ver y conseguir encendido." Él se sentó en el sofá. "Demasiado dolor?"

"Nunca, pero quiero que sepas una cosa. Quería que hacer el amor a mí, incluso antes de este paso, y antes de la nalgadas," le dijo, que alcanza hasta para él. "Y yo tendría que admitir, tal vez el señor de edad Smithson no es tan viejo, después de todo." Eso fue la última cosa coherente ninguno de ellos dijo a varios de largo minutos.

"Podrías haberme dicho que quería que hacer el amor," Martin dijo que a medida que abrazados juntos en el resplandor. "Yo no estaba seguro que hasta me gustó." Él la besó suavemente en la frente y la nariz, antes de pasar a la boca preciosa. "Siempre estoy dispuesto que trabajar duro para tratar de mantener a mis empleados contentos." Y lo hizo sólo que desde ese día, hasta el día en que renunció para convertirse en su esposa.

Buena fustas de edad, por lo útil no son? Y pensar – que perdido en los caballos durante dieciséis años! Spurs pueden ser demasiado rizado. Anoche, por fin lo amarraron. Le he perdido un poco, pero me he siempre se negó a que realmente lo golpearon. Anoche estuve sin piedad! Ahora que quiere venganza, así que probablemente pasará la noche del domingo en mi estómago!

Nota del Autor

Lo admito! Yo no estoy por encima de un poco de la auto-promoción. Puse un par de pequeños fragmentos de otros dos libros aquí, al igual que un muestra. Las escenas con la belleza de ser una palmada de la bestia son Desde el corazón de la Bestia. Esto es más de una novela romántica de una historia puramente nalgadas, pero tiene unos cuantos azotes en el mismo.

También puse en una escena de mi novela llena nalgadas larga duración, el Club de Padel. Varios de los personajes por primera vez en estos historias también ser miembros del Club de Pádel, y puede leer más acerca de ellos allí.

www.ingramcontent.com/pod-product-compliance
Lightning Source LLC
Chambersburg PA
CBHW031310280626
47169CB00017B/1188